27 cours d'Estienne d'Orves 13001 Marseille
www.polar.jigal.com

Couverture : © JG
Directeur de collection : Jimmy Gallier

ISBN 978-2-37722-166-0

NOËL SISINNI

INSTANTS SAUVAGES

ÉDITIONS JIGAL

DU MÊME AUTEUR

Fucking Melody
Prix Dora-Suarez 2021
Prix Leclerc Obscur 2021

Éditions Jigal

Prologue

Un vieil homme promène son chien dans la forêt en vallée d'Ossau. Il passe au bas d'une falaise. Soudain, son chien Bakounine s'éloigne et se met à aboyer en fixant quelque chose au fond d'une ravine. Le maître tente de le faire revenir, mais il refuse et ne cesse de japper. Le nonagénaire est contraint de le rejoindre pour lui remettre sa laisse. C'est alors qu'il comprend les raisons de ses aboiements : en bas un corps féminin nu à moitié décomposé est en partie enfoui sous les feuilles mortes.

Alors que les premières clartés sanguines de l'aube naissante empourprent le ciel, le chant des oiseaux honore ce début de journée. Le printemps tente de chasser l'hiver sans y parvenir vraiment et la neige persiste sur les hauteurs. Sempiternelle guerre saisonnière perturbée par un changement climatique que personne ne semble admettre. On est fin février début mars, les piafs sont bourrés d'idées de construction et quelque chose les démange très sérieusement sous le croupion. Le calme de la vallée d'Ossau est déchiré par le cri strident d'un crave. Quelques perles de rosée s'accrochent aux brindilles des bouleaux comme du cristal et vibrent à la première brise. Ici, chaque chose est à sa place.

Un milan royal fait son apparition à l'ouest. En général, ces rapaces sont des migrateurs mais celui-là est un sédentaire probablement trop vieux pour rejoindre les régions chaudes. Il a perdu le goût des voyages et a élu domicile ici. Profitant de la douceur d'une entrée maritime lui permettant de se maintenir très haut dans les airs sans trop forcer, il survole le paysage avec aisance. Il rabat légèrement les ailes pour gagner en vitesse et amorce alors un long piqué en diagonale. C'est à proximité d'un petit pré qu'il décide de se poser, sur la branche la plus haute d'un arbre mort.

L'endroit n'est pas choisi au hasard, une mixité d'essences attire les rongeurs : châtaigniers, noyers et hêtres sont autant de garde-manger pour eux. Une trouée dans la forêt forme une petite clairière dans laquelle les mulots et les écureuils, inconscients du danger, recherchent les faînes planquées à l'automne. Ils font leur petit marché sans imaginer qu'ils seront tôt ou tard au menu du rapace. Mais pour l'heure, sa pupille auréolée d'un cercle jaune fixe la masure de Leslie et Richard Butel.

C'est le lieu-dit « Chante Perdrix ». Leur demeure en pierre est une ancienne grange isolée dans la forêt. Savamment retapée. Un étage a été rajouté, la maçonnerie a été si bien faite qu'il faut un œil aguerri pour voir la différence. Quant au toit, il a été exécuté dans la pure tradition pyrénéenne avec des ardoises de Labassère, une carrière encore en activité aujourd'hui.

À l'intérieur, une cuisine ouverte à l'américaine et un salon aux pierres apparentes. Une imposante cheminée trône entre des fauteuils couverts de plaids ethniques. Les tomettes anciennes cirées et les quelques tapis apportent une chaleureuse ambiance à cet intérieur. Au mur, quelques tableaux modernes et de nombreuses sculptures d'origines différentes témoignent des nombreux voyages accomplis par le couple.

Six heures du matin quelque part sur une aire d'autoroute. Un break Ford stationne sur un parking. La buée qui couvre les vitres prouve que le conducteur, Richard Butel, la cinquantaine, vient de passer une partie de la nuit à l'intérieur. Encore un peu endormi, la tête posée sur son volant, il ouvre un œil, balaie la buée du pare-brise d'un revers de la main. Il ouvre la portière pour respirer un peu d'air frais et fait quelques pas pour se dégourdir les jambes. Il accomplit quelques allers-retours machinalement, l'air préoccupé.

Hier encore, il était au festival de littérature « Regards noirs » qui se déroulait à Niort en compagnie de son éditeur Édouard Rochant, afin de recevoir un prix pour un polar intitulé *Fils de macadam*.

Le bouquin raconte l'histoire de Miguel, un môme de banlieue dont la mère, marchande de sommeil, est contrainte de louer la chambre de ses enfants à des travailleurs clandestins pour arrondir ses fins de mois. Un jour, le gosse est le témoin d'un meurtre. Il est le seul à connaître le tueur.

Dans une banque, le type masqué a pris en otage une cliente enceinte et exige l'ouverture des coffres. Il s'avère que la femme enceinte, un travelo, n'est autre qu'un complice. Ils fourrent le butin dans le faux ventre en plastique et prennent la fuite. Plus tard, le partage a lieu dans un hangar désaffecté, mais les choses ne se passent pas comme prévu : le mec tue le travelo pour s'emparer de la totalité du butin. Miguel, qui dormait dans le même hangar, assiste au meurtre. Mais le tueur découvre sa présence. Le gamin fuit et parvient à le semer.

La police piétine. Miguel veut bien révéler l'identité de l'assassin et les circonstances du meurtre au commissaire qui mène l'enquête, mais, seulement, il veut du fric en échange pour que sa mère ne loue plus sa chambre ! Négociation difficile.

Le bouquin est apprécié par les jeunes lecteurs.

Lors de cette rencontre avec le public, Richard reçoit un SMS très inquiétant de sa jeune épouse Leslie. Il quitte Niort illico presto pour regagner les Pyrénées. Il fonce dans la nuit mais, épuisé, il tombe de sommeil et s'arrête pour dormir.

Un peu plus tard dans la matinée, le break Ford s'engage sur le chemin cahoteux de Chante Perdrix et va jusqu'à la maison des Butel.

Richard descend et remarque que la Clio de Leslie, est garée au même endroit que d'habitude. Cependant, les lumières de la maison sont allumées et la porte d'entrée ouverte aux quatre vents. Il entre et appelle Leslie. Pas de réponse. Il monte à l'étage. Inspecte la chambre. Personne. Tout est à sa place dans les armoires. Il vérifie chacune des pièces et redescend, en proie à une profonde réflexion.

Fébrile, il termine le reste de la bouteille de Jack Daniel's à même le goulot. Il monte dans la salle de bains et se fait un shoot d'héroïne en se piquant sous la langue. Bien que tout son entourage sache qu'il est toxico, il préfère faire ainsi plutôt que de se piquer dans des veines apparentes. Euphorie immédiate et sentiment d'indifférence à la fatigue. Il sort revigoré, balaie du regard l'orée du bois, avise le poulailler où les quelques poules de Leslie commencent à sortir de leur cabane. Il repère immédiatement le milan royal qui s'ébroue sur sa branche. Des poules ont disparu dernièrement, ce qui expliquerait peut-être la présence assidue de ce prédateur ?

Il soupire, compose un numéro sur son portable. Toujours la même réponse « Bonjour. Leslie Butel. Mauvaise couverture ou portable éteint, laissez-moi un message. » Il rappelle une nouvelle fois. Puis une autre, il a surtout besoin d'entendre sa voix.

Il traverse la petite clairière qui borde la maison pour se rendre dans une *tiny house*, cabane en bois qu'il a spécialement fabriquée pour Leslie dès le début de leur relation. Un endroit dans lequel elle aime à se réfugier et jouer de ses instruments : piano, violoncelle et un cymbalum, instrument traditionnel hongrois à cordes frappées le plus souvent utilisé dans la musique tzigane.

Leslie est musicienne professionnelle, une virtuose. Son jeu, son style sont immédiatement identifiables par quiconque aura un jour essayé de tâter d'un instrument, quel qu'il soit. Elle a joué sous la direction de nombreux chefs d'orchestre de musique classique comme pianiste, mais depuis quelques années, elle travaille uniquement sur son cymbalum au sein d'un groupe dirigé par Sarah Kolb, qui compose des musiques du monde. Une tout autre démarche qui nécessite une douzaine de musiciens et des chœurs.

Dernièrement, le groupe s'accompagne sur scène

d'une bande-son qui le confronte aux éléments : vent, vagues, chaos, tempêtes. L'insertion avec ces sons paraît si naturelle qu'on la croirait intégrée à l'écriture. Ces créations remportent un franc succès auprès du public mélomane.

Quand elle n'est pas en déplacement, Leslie donne des cours de solfège et de piano à des élèves du coin. Soit elle les reçoit à domicile, soit elle se rend chez eux. Ces derniers mois, elle cumule les tournées avec l'orchestre, ce qui n'enchante pas Richard qui l'aime comme un fou et voudrait la garder auprès de lui tout le temps. Possessif et passablement exclusif, il tente bien de refréner son défaut. Mais en vain. Il ne supporte pas son absence, au point d'en devenir malade. Certes, l'arrivée d'un enfant obligerait Leslie à rester à la maison, mais pour ça, il aurait fallu qu'il en ait vraiment le désir. Or l'idée de se reproduire n'a jamais été une de ses préoccupations principales. Une grande frustration pour elle.

Cependant, Richard a une fille de son premier mariage avec Anne Lagorce : Bertille. Un quart de siècle, photographe, elle vit à Pau ainsi que sa mère qui tient un magasin de brocante. Il a gardé de très bons rapports avec Anne mais le courant ne passe pas avec sa fille. Elle vit très mal la séparation. En revanche, Anne et Leslie sont de bonnes amies. Elles aiment à chiner ensemble, vont à la piscine, pratiquent le yoga et le tai-chi-chuan.

Il entre dans la petite maison de bois, avise le portable de Leslie abandonné sur le petit bureau et le consulte. En dehors de ses propres appels, plusieurs messages sont laissés par Sarah Kolb qui l'attend à l'aéroport Paris-Charles-de-Gaulle. Richard fourre le portable dans la poche de sa parka. Il s'attarde un instant sur une affiche de concert où Leslie pose en premier plan en compagnie de Sarah Kolb.

Leslie est une charmante jeune femme d'une trentaine d'années. Une longue chevelure bouclée d'un blond vénitien avec des reflets de cuivre orne un visage à la peau claire et aux traits fins sur lequel semble encore accroché un soupçon d'adolescence. Contraste avec Sarah, femme mature qui porte une chevelure de jais et un teint mat.

Le temps vient de s'arrêter dans la *tiny house*, Richard est figé sur sa chaise, incapable du moindre mouvement.

Au bon d'un long moment, il ressort et s'enfonce dans la forêt. Le vieux milan royal quitte sa branche et monte dans les airs pour dominer la frondaison.

Leslie avait une manière toute particulière de croiser les jambes, il n'en fallait pas davantage pour avoir une envie folle d'elle.

Richard marche depuis des heures, il enjambe les genêts et les fougères, tombe, se relève. Héroïnomane depuis des années, son corps s'est affaibli. Il est en nage, épuisé, et ne cesse d'appeler Leslie.

Il redescend un bois de hêtres, passe à proximité du Sabot-de-Vénus, impressionnante falaise sombre d'une centaine de mètres de hauteur qui se découpe en ombre chinoise sur le ciel bleu. Les fougères cachent une ravine dont il ne mesure pas la proximité et ne s'en rend compte qu'au dernier moment. Il chute cinq mètres plus bas, roule dans la pente et termine sa course contre un gros roc de granit. Puissant choc sur la partie occipitale de son crâne…

Il reste sonné.

Quand le soleil est au zénith, il est toujours par terre, couché en chien de fusil dans les feuilles mortes. Le sang a séché sur sa joue ainsi que le long de son cou, le tout est mêlé de terre et d'humus. Il lui faut un long moment avant de reprendre conscience. Paupières à peine entrouvertes, sa vision devient de plus en plus nette – le son plus réel – il commence à distinguer plus précisément le rapace qui tourne dans le ciel en poussant de longs cris stridents. Il se redresse sur son séant, constate qu'il a saigné. Il se masse longuement les paupières comme pour essayer de remettre les choses en ordre dans sa mémoire.

Leslie a disparu. Où ? Pourquoi et comment ? Il ne sait pas. Depuis combien de temps ? Il le sait encore moins. Il se lève et s'éloigne sans remarquer qu'il a perdu le portable de Leslie qui est tombé dans les feuilles mortes ainsi que son écharpe qui est restée plus loin accrochée aux ronces lors de sa chute.

Aéroport de Roissy Charles-de-Gaulle. Salle de réception des bagages. Son portable dans une main, une femme est assise sur une chaise, livide, incapable du moindre geste. C'est Sarah Kolb. Deux larmes roulent sur ses joues, noircies par son rimmel qui a coulé. Elle n'a même pas pris la peine de l'essuyer tant elle est bouleversée.

Les voyageurs récupèrent leurs bagages qui arrivent de la soute sur le tapis roulant. Au bout d'un moment, la salle se vide et il ne reste plus que ses deux valises qui ne cessent de faire des tours et des tours. Comme personne ne vient les chercher, un employé les prend pour les mettre sur un chariot et les emporter. Mais, voyant Sarah seule, assise sur sa chaise, il finit par s'adresser à elle :

— Madame, ce sont vos valises… ?

Sarah sort de sa torpeur et répond par un vague

hochement de tête. L'employé mesure la détresse de cette femme.

— Voulez-vous que je vous les porte ? Quelqu'un vous attend ?

Elle ne répond à aucune des questions, mais au bout d'un moment, elle accepte de le suivre. Elle a manqué sa correspondance pour Montréal où elle doit préparer une tournée de concerts. Elle devra attendre un prochain vol et séjourner dans un hôtel entre-temps. Tout cela lui semble insurmontable.

Richard chemine longuement à travers la montagne afin de regagner la maison. Il est encore sous l'effet de l'héroïne. Il s'arrête près d'un torrent pour y puiser de l'eau fraîche. Alors qu'il se désaltère et rince son visage souillé de sang, une sorte de chuintement inhabituel vient envahir son cerveau. Les sons s'apparentent plutôt à des ondes acoustiques assourdissantes qui martèlent ses tympans.

Peut-être est-ce dû au choc qu'il a subi contre le rocher dans sa chute, ou bien à la prise d'héroïne car l'effet de celle-ci dure cinq à huit heures dans certains cas selon la composition et Richard n'achète que de la came de qualité. Il a changé de fournisseur dernièrement et celui-ci lui a assuré une dope très pure qu'il appelle « Givre de Dieu ». Ceci pourrait expliquer qu'il n'a mal nulle part malgré le coup au crâne. L'héroïne étant un antidouleur très puissant, elle fait oublier la douleur physique et psychique.

Un autre phénomène vient s'ajouter à cela : sa vue, elle est perturbée. Il ne voit pas les couleurs de la même manière. C'est un étrange noir et blanc dans lequel la nature environnante semble argentée comme si une gelée blanche s'était déposée sur les hautes herbes. Les nuits sont encore fraîches en ce début de saison mais à cette heure le givre a fondu.

Un sifflement pouvant s'apparenter à des acouphènes s'amplifie et, peu à peu, il perçoit une voix humaine, d'abord lointaine, puis de plus en plus proche. Étrange langage indéchiffrable avec des bribes de phrases impossibles à comprendre. Soudain l'homme apparaît, il surgit des fougères comme un diable. Sur le qui-vive, il marche d'une manière rapide et nerveuse donnant l'impression d'être poursuivi.

Richard ne bouge pas. Toujours accroupi au bord du ruisseau, il est caché par un rocher. L'homme a le visage barré par une tache de vin qui macule sa joue droite. Il semble parler tout seul et il est animé de tics. C'est un braconnier si on en juge à la ceinture de perdreaux qui entoure sa taille et les deux pattes de lièvre qui dépassent de la besace qu'il porte en bandoulière. Ses vêtements sont lustrés de crasse.

Il ne remarque pas Richard et continue son chemin. À mesure qu'il s'éloigne, les ondes acoustiques diminuent et finissent par disparaître totalement. Seul reste le coassement des grenouilles, véritable cacophonie car c'est la saison de la reproduction et le ruisseau finit sa course dans une tourbière où elles se rassemblent pour copuler allègrement, véritable orgie du printemps chez les batraciens.

Les couleurs de la forêt redeviennent normales. Richard reste quelques instants sous le choc, d'une part à cause de l'étrangeté de ces phénomènes acoustiques et visuels qui se sont opérés en lui et d'autre part, en raison de la présence de cet homme qu'il n'a jamais vu dans les parages, mais qui pourrait peut-être expliquer la disparition des quelques poules de Leslie.

Car une chose les a frappés après ce méfait : l'absence de plumes par terre dans le poulailler. S'il s'était agi d'une bête sauvage, il y aurait certainement eu des traces de lutte. Les genettes bouffent la tête en général, les fouines se gorgent de sang au point de s'endormir sur place parfois, ivres d'hémoglobine. Cette fois, aucun indice ne prouve le passage de ces visiteurs de la nuit.

Dès qu'ils ont emménagé à Chante Perdrix Leslie a tout de suite voulu un chat et des poules. Un rêve d'enfant jamais réalisé, sa mère détestait les animaux. Le chat a disparu en forêt mais les poules sont encore là et chaque année ses amis lui en offrent de nouvelles.

Une angoisse s'empare de lui : il ne faudrait pas que Leslie croise le chemin d'un tel individu. Il imagine le pire. Le cri du milan royal, là-haut, tournoyant dans les airs, semble le sortir de sa torpeur. Il s'empresse de rentrer avec l'intention de mémoriser le phénomène qu'il vient de vivre dans son ordinateur. L'habitude de tout noter est propre à beaucoup d'écrivains. Richard a toujours traîné un calepin sur lui, mais au fil du temps, il a abandonné les carnets pour confier ses idées et ses remarques à un iPhone. Le monde high-tech a supplanté le crayon à papier, même dans les coins les plus reculés.

Il arrive essoufflé à la maison et vérifie à nouveau toutes les pièces mais elle n'est nulle part. Il redescend des chambres. Épuisé, il s'écroule de fatigue sur le divan.

Debout en haut d'une falaise, nue, cheveux au vent, Leslie fixe le vide. Soudain elle ferme les yeux et se laisse tomber…

Richard se réveille en sursaut. Fin du cauchemar. Depuis combien de temps dort-il ? Combien d'heures, combien de jours se sont écoulés depuis son retour de Niort ?

Il ne sait pas. Il ne sait plus.

Serait-il en train de perdre la mémoire ? Syndrome souvent lié aux dommages cérébraux causés par une alcoolisation chronique et une addiction au *brown sugar*. Richard n'a jamais pu se défaire de ces deux dépendances. Il masse sa nuque encore douloureuse ainsi que sa joue griffée par les aspérités de la roche. Son regard tombe sur le visage de Leslie. Mais son sourire semble figé pour l'éternité sur un sous-verre.

Il a si peur de perdre la mémoire qu'il décide de

tout noter dans un journal. Il y a souvent un décalage dans son cerveau anémié.

Il monte dans son bureau et commence à écrire sa rencontre avec l'homme à la tache de vin, lequel pourrait devenir un personnage de roman.

Le téléphone sonne. Il décroche immédiatement pensant que c'est elle, mais c'est Madeleine Taylor, sa belle-mère. Elle enchaîne sans savoir qui a décroché car il est rare que ce soit lui qui réponde.

— Leslie, c'est maman ! Mais enfin... Qu'est-ce qui se passe ! J'essaie de te joindre sur ton portable et tu ne réponds jamais. Je me fais un sang d'encre. Tu n'es pas malade au moins ?

Les yeux rivés vers l'extérieur, Richard n'écoute qu'à moitié sa belle-mère et lâche le combiné.

Quelque chose a bougé dans la pénombre.

Quoi ? Il ne le sait pas.

Il descend de son bureau et sort brusquement. Avance dans la cour une lampe torche à la main.

Un froissement dans le feuillage des buissons attire son attention.

— Qui est là ?

Pas de réponse. Richard pense immédiatement au braconnier rencontré dans la forêt. Pris d'une panique incontrôlée, il va chercher son fusil et tire un coup en l'air.

Plusieurs minutes s'égrènent dans un silence total...

Quelque chose vient de briller dans le noir... suivi d'un bruit dans les feuilles. Le halo de la lampe y retourne et se fixe...

— Sortez de là ! Sortez de là où j'appelle la police.

Il se sent un peu ridicule en lançant une telle sommation mais l'angoisse a devancé la raison.

Silence.

Deux yeux jaunes étincellent au travers de la frondaison.

— Leslie, c'est toi ? Je te cherche depuis des heures… ! Où tu étais ?

Quelques secondes filent, il se rend compte qu'il ne s'agit pas d'un être humain mais d'un animal. C'est une belle bête à la robe noire avec de longs poils, apparemment un chien de la race Groenendael.

Celui-ci fait un pas de plus pour sortir du fourré et confirme ainsi son identité. Là, cela ne fait plus aucun doute, ce n'est pas un chien.

Canis lupus, sans aucun doute ! Et bizarrement le coup de feu ne l'a pas effrayé plus que ça.

Les yeux, couleur ambre, ne trompent pas. Richard est tétanisé… Le loup le fixe un long moment, puis fait volte-face et disparaît brusquement dans la végétation.

Comme Richard a posé le téléphone sans raccrocher, Madeleine Taylor réitère ses appels téléphoniques, en vain.

Madeleine Taylor est une femme très élégante. Chignon rigoureux. La soixantaine distinguée, elle le sait et ne manque pas d'en jouer quand c'est nécessaire. Ancienne députée et membre de la loge franc-maçonnique de Pau, elle habite une de ces magnifiques maisons paloises d'inspiration anglaise érigées au XIXe siècle dans le quartier Trespoey, choisi autrefois par de riches notables comme lieu de résidence. L'architecture est savamment soignée, la splendeur des façades construites avec les galets du Gave et de la pierre d'Arudy n'a rien perdu de son prestige. Un petit parc arboré de séquoias, de pins parasols et de palmiers n'est pas sans rappeler les colonies.

C'est là que la jeune Leslie a grandi. Fille unique, elle n'a manqué de rien. Son père, d'origine anglaise, a disparu en mer. Son voilier a été retrouvé au large de Biarritz. C'était un industriel qui avait fait fortune dans les produits pharmaceutiques. C'est donc Madeleine qui a pourvu à tous les besoins de leur seule enfant.

Le grand drame de cette femme, c'est qu'à l'âge de 28 ans, sa fille s'est amourachée d'un artiste maudit : Richard Butel. Romancier alcoolique et drogué au cerveau dérangé, selon elle. Un être violent et impulsif. Le courant n'est jamais passé entre eux.

Ancien prof de français et plutôt taiseux, Richard a quitté l'enseignement à cause d'un différend avec un directeur d'établissement. Une violente altercation qui s'est soldée par un violent coup de boule. Résultat : un nez cassé, une plainte pour coups et blessures et un renvoi pur et simple. Préférant la solitude et le calme au brouhaha des élèves, il a préféré décrocher définitivement pour se consacrer à l'écriture. Passionné et prolifique, il a signé une vingtaine de romans et trois adaptations pour la télévision et le cinéma.

Madeleine Taylor refusa de se rendre au mariage de sa fille, persuadée que Richard ne voyait en cette union qu'un intérêt financier. Une guerre sans merci fut déclarée entre ces deux grandes personnalités et dure encore aujourd'hui.

Il s'avère que le loup aperçu la veille par Richard est une femelle. Elle ralentit sa course et sort du bois de hêtres. Le souffle haletant, elle s'immobilise en bordure d'un pré verdoyant ou paît une centaine de brebis. La faim la tenaille et déjà l'odeur des bêtes l'enivre d'une frénétique envie de tuer. Son odorat qui possède vingt fois plus de cellules que celui de l'homme lui a permis de percevoir l'odeur des animaux à plusieurs kilomètres de là. Elle a franchi deux crêtes à une allure soutenue en allant droit au but. Son angle de vision zoome sur une femelle isolée qui est en train de mettre bas. Position vulnérable, c'est la cible idéale pour le prédateur affamé.

N'importe quel homme, n'importe quelle femme qui a un jour croisé Leslie dans l'intimité pourra vous affirmer qu'on peut mourir d'aimer.

Pau. Richard gare son break dans un parking près du château Henri IV. Il marche d'un pas pressé dans une ruelle pour se rendre dans une boutique d'antiquité, « Le Temps Passé ». Il s'arrête et voit à l'intérieur Anne Lagorce, son ex-femme, la cinquantaine charmante, qui est occupée avec une cliente, une sacrée chieuse apparemment. Il entre quand même. Elle délaisse l'acheteuse pour le rejoindre.

— Qu'est-ce qui t'amène ?

— Il faut que je te parle.

— Je t'écoute… Mais qu'est-ce que tu t'es fait à la nuque ? T'as le cou tout bleu !

— C'est rien, je… une mauvaise chute… en

taillant un arbre.

Anne l'interroge du regard, sceptique…

— En taillant un arbre ?

— Oui, enfin, je t'expliquerai.

La cliente s'approche avec un boîtier en bois précieux contenant un vieil éventail.

— Finalement je ne vais prendre que le boîtier.

— Ah non, madame. Je vous l'ai déjà dit, il faut prendre l'ensemble.

— Oui mais l'éventail ne m'intéresse pas.

— Je suis désolée madame, vous prenez le tout ou rien du tout.

— Vous n'êtes pas très commerçante.

Anne fait signe à Richard de patienter, les négociations s'annoncent longues.

Au bout d'un moment, Richard n'a que deux solutions : ou il étrangle l'emmerdeuse ou il sort. Il choisit la seconde. Comme dit Enzo Paolillo, un ami à lui, vétérinaire : « *Je me suis rendu compte que la violence ne pouvait pas tout résoudre le jour où un moustique s'est posé sur une de mes couilles.* »

Le braconnier a élu domicile dans une ancienne maison forestière abandonnée et passablement délabrée. Il a rafistolé la porte et changé quelques tuiles sur le toit. Il écorche un renard roux pris au piège à mâchoires. Depuis qu'il a élu domicile dans le coin, ce type, un brin fétichiste sur les bords, n'a pas résisté et s'est emparé de dessous que Leslie mettait à sécher sur la corde à linge. Disparitions inexpliquées pour le couple Butel.

Un jour, Leslie, voulant profiter du soleil printanier, s'allonge sur un transat dans la cour. Seulement vêtue d'un peignoir en satin, elle vient de prendre une douche et elle est nue en dessous. Elle travaille un moment sur ses partitions pour son prochain concert sous la direction de Sarah Kolb, puis cède à la douceur et s'endort.

Le braco sort alors du bois discrètement après s'être assuré qu'il est seul. Il s'avance jusqu'à elle tel un félin et reste béat devant cette image. Un pan du peignoir à moitié descendu lui permet d'entrevoir son pubis aux reflets roux. L'info descend immédiatement de son cerveau à son sexe. Excité comme un orignal en rut, il fourre sa main dans sa braguette, se défouraille et se masturbe sans vergogne.

Quand Leslie se réveille, elle s'aperçoit qu'il lui manque une pantoufle chinoise noire avec des fleurs brodées dessus, son bracelet yéménite en argent et surtout... son alliance ! Depuis quand l'a-t-elle perdue ? Impossible de s'en souvenir.

Richard ne prend pas très bien la chose. Bien qu'en général il ne soit guère attaché aux symboles, cet anneau représente leur union et compte beaucoup pour lui.

Leslie sait qu'elle ne l'a pas perdu, quelqu'un le lui a volé, tout comme son bracelet. Quand ? comment ? Elle ne le sait pas mais elle devient angoissée de vivre ici, loin de tout. Pour la rassurer, Richard a installé une caméra infrarouge pour surveiller les alentours et a rajouté un verrou à la porte. Et Anne leur a proposé un fusil, un vieux deux coups échangé à un vieillard contre un jeu d'échecs. Richard n'aime pas trop ce genre d'engin car, d'un naturel violent, il sait qu'il est capable de s'en servir. Mais l'idée de posséder une arme rassure Leslie.

Le jour décline, le break Ford cahote en descendant le chemin pierreux qui mène à la maison et se gare devant.

Richard entre, décroche le combiné du téléphone et compose le 17.

— Gendarmerie nationale, bonjour. Que puis-je pour votre service ?

— C'est au sujet de… enfin… c'est compliqué à expliquer…

— Oui, présentez-vous !

— C'est ma femme… Elle a disparu…

— Je vous entends très mal monsieur. Parlez plus fort et veuillez vous présenter !

Quand Richard raccroche, il reste pensif un long moment. Il a besoin d'un shoot et prépare une seringue pour se piquer.

Quand Anne lui téléphone, il hésite à répondre. Il

est dans le gaz, elle va très vite s'en rendre compte et ne le supporte pas. Le téléphone insiste. Agacé, il ne décroche pas et jette l'appareil sur le sofa.

Il s'endort quelques heures et quand il se réveille, il fait nuit, mais, arrosée par la lune montante, la cour est claire et permet de remarquer une forme au sol. Il sort et détaille plus précisément la chose. C'est une moitié de carcasse de brebis sanguinolente. Il reste dubitatif.

Le jour est levé. Dans le pré où paissaient les brebis, trois éleveurs sont penchés sur l'autre moitié de la carcasse.

— Regardez-moi ça ! Une vraie calamité, ces chiens errants, peste un des plus jeunes bergers.

Le troisième homme est un vieillard. Visage buriné par le vent. Le regard profond. Sceptique, il hoche longuement la tête en observant la carcasse en connaisseur.

— M'est avis que c'est pas un chien qui égorge comme ça, fait-il en traçant un trait sur sa gorge.

— Alors ce serait quoi ?

— Un ours ? demande l'autre.

— Encore moins. Non, pour moi c'est un loup, affirme le vieux.

— Un loup… ?

— Sûr. Ma main à couper.

Les deux jeunes bergers fixent la cime des montagnes. De l'autre côté, c'est l'Espagne. La faune y est dense et le loup ibérique y prospère. Nous sommes fin février début mars, c'est la période de reproduction qui commence pour ces animaux et ils n'hésitent pas à parcourir de longues distances pour trouver un partenaire. Pour les jeunes loups, écartés de la meute par le mâle alpha, c'est aussi le moment de trouver un nouveau groupe dans lequel s'intégrer ou bien même en former un nouveau. C'est souvent à cette époque que les éleveurs constatent le plus de dégâts. Privés de l'esprit de la meute, les jeunes loups attaquent sans stratégie et causent parfois davantage de dommages aux troupeaux. Paniquées par des attaques désordonnées, il arrive que des bêtes se jettent aveuglément dans des ravins ou s'emprisonnent dans des ronciers.

Un grand feu crépite dans la cour. Richard y balance la carcasse. Toujours perché sur son arbre mort, le milan observe la scène qui dure jusqu'à la nuit tombée.

Maintenant Richard est assis en tailleur au milieu de la cour. Passablement ivre, bien décidé à en découdre avec le prédateur, il attend, sa bouteille à la main et son fusil à portée.

— Allez, viens ! Je suis là, je ne bouge pas.

En fait il n'a pas trop à attendre, une forme glisse furtivement dans l'ombre.

— Viens, approche. T'as peur ? Je te fais peur ?

La louve, puisque c'en est une, sort de l'ombre et s'approche. Elle est en position de soumission, le dos creusé, légèrement rampante et la queue rabattue entre les pattes. Désir de contact évident. Quelques secondes s'égrènent…

Elle se couche sans le lâcher des yeux.

— C'est quoi ce cirque ? Pourquoi t'amènes tes saloperies devant ma porte ?

Un temps.

— Oh ! Je te parle ! hurle-t-il en posant la main sur son fusil.

Il s'interrompt car la louve se lève brusquement dans une attitude agressive.

Sa queue est redressée, elle grogne, les poils de son dos se hérissent, ses babines relevées laissent entrevoir des crocs impressionnants. Serait-ce la vue du fusil qui la rend menaçante… ? Souvenir inscrit dans sa mémoire archaïque : fusil, danger, fuir.

Elle tient la tête haute en le défiant. Posture alpha de supériorité.

— Attends…

Il lâche l'arme en levant les mains en signe de reddition…

— On se calme hein… Pas de conneries, d'accord… ?

Après quelques secondes, la queue de l'animal retombe dans une position normale, elle n'est plus en posture d'intimidation. Elle se met à gratter le sol, et le regarde à nouveau. C'est un grattis, une forme de marquage. Richard apprendra plus tard que c'est, chez le loup, une signalisation territoriale, une forme de dialogue avec une autre espèce, y compris l'homme dans le cas présent.

— À quoi tu joues, là ?

La louve soutient son regard, redresse la tête, sa queue se lève à nouveau. Par contre elle ne montre pas les dents. C'est très étrange cette bête qui semble apprivoisée et sauvage à la fois. D'où vient-elle ? Qu'attend-elle de lui ?

Elle opère un nouveau marquage, une « laissée » sur un tronc d'arbre puis sur le sol. Les loups disposent de glandes autour de l'anus et, entre les doigts riches en potion. Celle-ci recèle une large palette d'informations. Cette frontière d'odeurs indique l'identité, la meute auquel ils appartiennent, la limite territoriale, leur disponibilité sexuelle et même parfois leur état émotionnel.

Elle commence à trottiner en accomplissant un grand cercle sans le perdre du regard. En fait, elle installe un nouveau territoire pour eux deux, mais Richard n'est pas encore à même de comprendre tous ces codes.

Richard tourne sur lui-même pour la suivre…

Ils tournent et tournent…

Cela devient une sorte de ronde infernale.

Richard réitère ses questions avec ardeur.

Leurs yeux sont rivés l'un à l'autre en un véritable combat.

Tout se met à tourner dans sa tête. Conséquence d'une forte dose de *brown sugar* qui agit comme un véritable big bang dans ses neurones, puzzle d'images cauchemardesques.

Le visage de Leslie qui sourit.

les yeux étincelants de la louve

La maison de pierre

Les fenêtres allumées

La cime des arbres

La nuit

La lune qui semble ricaner…

Épuisé par cette sorte de transe, il titube, chancelle, et finit par tomber à genoux.

Il masse sa nuque douloureuse…

La louve s'approche. Cette fois, ses oreilles se sont à nouveau rabattues vers l'arrière. Elle rampe en une position de soumission totale et vient se coucher tout près de lui.

Quand Richard sent la chaleur de son corps, il ouvre les yeux, bouge doucement. Cependant, bien qu'il le devine, il n'ose regarder ce qui réchauffe ainsi sa jambe… Finalement, il plonge ses yeux dans ceux de la bête qui se dédoublent pour laisser place à ceux de Leslie, puis elle lui lèche doucement la main…

Il devient blême…

Quelques heures plus tard, la lumière du jour filtre par les rideaux de la chambre. Richard ouvre les yeux, se redresse sur son séant, se masse les tempes, regarde autour de lui. Les quelques cadavres de bouteilles qui traînent sur le parquet et la seringue sur la table de chevet prouvent qu'il s'est encore mis en vrac.

La porte de la chambre s'entrouvre et Anne apparaît.

— Ça fait deux jours que j'essaie de te joindre ! Qu'est-ce que tu fous ?

Silence.

— Des nouvelles de Leslie ? Elle est bien arrivée au Canada ? J'ai essayé de la joindre, mais elle n'a pas répondu. Cela dit, je ne lui en veux pas, elle doit être trop occupée avec ce festival de musique…

Richard ne répond pas. Il essaie de se remémorer les événements de la nuit.

Anne a préparé une table sympa sur la terrasse avec des tartines grillées et du café chaud. Richard ne dit rien, il boit son bol de café et ne lève la tête que pour jeter un œil sur le milan posé sur sa branche morte.

Anne ne le remarque même pas, elle n'a jamais été très attentive à la nature. Elle garde, elle aussi, le silence, elle le connaît par cœur et sait que dans ces périodes, il peut rester des jours sans parler. En revanche, elle sait qu'il a besoin d'elle dans ces moments-là et elle a toujours été là pour lui. Si elle veut en savoir davantage, elle en est quitte pour attendre un autre jour.

Une fois Anne partie, Richard veut en découdre avec ce qui s'est passé la veille. Il va chercher la caméra infra rouge dans l'arbre et visionne la vidéo. La scène montre plusieurs vidéos d'animaux, visiteurs du soir et de la nuit. Le tout dans un noir et blanc imparfait. Il zappe tout de suite pour aller à la vingt-septième vidéo, la dernière en date, celle de la rencontre de la veille avec la louve. Il monte dans son bureau et commente la scène dans son journal.

Dans le ciel, profitant d'un courant ascendant, trois vautours fauves planent en accomplissant des cercles au-dessus du Sabot-de-Vénus. Ils semblent avoir repéré une charogne au fond d'une ravine.

Assis près de la cheminée, Richard est au téléphone avec Édouard Rochant, son éditeur. Cela fait plusieurs fois qu'il appelle mais Richard n'a jamais décroché.

— Ah, enfin ! Ça fait des jours que j'essaie de te joindre. Pourquoi t'es parti si vite du festival de Niort ? Il y avait plusieurs lecteurs qui te demandaient. Pourquoi tu ne m'as pas contacté depuis ?

— J'ai eu des problèmes de réseau.

— J'ai terminé ton dernier roman, Richard. Je ne sais pas ce qui t'a pris d'écrire un truc pareil. À la fin, on n'a qu'une envie ; c'est de se tirer une balle dans la tête.

— Apparemment tu ne l'as pas fait.

— Attends, ne le prends pas mal. Tu sais que j'aime le noir, je suis OK, mais il y a plein de petites choses à revoir pour l'améliorer.

— Quoi par exemple ?

— C'est un peu délicat d'en parler comme ça au téléphone, il faudrait qu'on se voie. Tu peux faire un saut jusqu'ici ?

— Non. En ce moment je ne peux pas trop bouger.

— Rien de grave, j'espère ?

— Non non, t'inquiète, tout va bien.

— Écoute. Je t'ai fait une petite note avec tous les changements possibles. Je te l'envoie par mail et tu me rappelles pour me dire ce que t'en penses, OK ?

— Pas la peine.

— Pardon ?

— Laisse tomber. J'ai pas envie.

— Attends, ne monte pas sur tes grands chevaux ! Ce sont des petits détails, je te promets que ça va rien changer au sens de ton bouquin. Je l'ai fait lire autour de moi, c'est un peu noir certes, mais les gens aiment bien, tu sais. Si tu veux, tu viens avec Leslie et on passe quelques jours dans ma maison en Espagne pour regarder tout ça tranquillement… ?

— Pas la peine.

Un blanc. Édouard se demande bien ce qui se passe.

— Écoute, Richard… ?

— Laisse tomber, Édouard. Pour dire vrai, j'en ai rien à foutre de ce roman, comme du reste d'ailleurs.

Interloqué, Rochant reste à nouveau pensif un moment…

— Attends, je comprends. T'es dans une mauvaise passe, Richard. C'est normal, ça te fait ça à chaque fois que tu finis un bouquin.

— Ça n'a rien à voir.

— Je croyais qu'on était de vieux amis… Pourquoi tu ne me dis pas ce qui ne va pas ? T'es en manque, c'est ça ?

Rochant continue à parler mais Richard jette négligemment le combiné et sort faire un tour.

Édouard reste perplexe. Il a beaucoup d'affection pour Richard et le protège comme un père. Il sait qu'il passe par des moments terribles, tant au niveau créatif qu'au niveau dépendance, mais cette fois, il est beaucoup plus inquiet. Il a dû se passer quelque chose de grave qu'il ne lui dit pas. Il tente de le rappeler, en vain.

Richard fait une grande marche avec la louve. Ils passent d'une vallée à l'autre sans voir un seul être humain. La louve sait exactement comment faire pour les éviter. Elle les détecte à plusieurs kilomètres, Richard ne s'en rend même pas compte. À un moment, elle s'arrête brusquement, nez au vent, puis décide de bifurquer vers l'ubac en face où une dizaine de pottoks à demi sauvages broutent tranquillement en toute liberté. En fait, elle a senti l'odeur du braconnier dont la maison est à deux kilomètres environ de là. Et, en vent contraire, elle connaît l'odeur de cet homme et son instinct la pousse à le fuir. Les bêtes anticipent certains dangers. Richard la suit.

Ils arrivent au col de Marie-Blanque qui sépare la vallée d'Ossau de la vallée d'Aspe. Il fait très beau. Au loin les montagnes imposent leurs majestueuses silhouettes à perte de vue. Véritable carte postale pour calendriers de la Poste. Couchée sur le flanc, la louve noire se laisse caresser par les rayons du soleil. À quelques mètres, assis sur un rocher, Richard gribouille une esquisse d'elle au fusain.

Dans le ciel, les vautours sont maintenant plusieurs à tournoyer au-dessus de la falaise du Sabot-de-Vénus en quête du festin au fond du ravin.

De retour à la maison. Assis devant son ordinateur, Richard consulte ses notes, s'arrête, réfléchit... et se relit...

Ce que j'appelais injustement de la paresse chez elle m'apparaissait maintenant comme un art de vivre. L'après-midi que nous avions passé à flâner au soleil m'avait révélé une tout autre notion du temps. Ce fut une sorte de douce et agréable langueur qui s'étirait lentement au fil des heures. Quand le soleil a décliné derrière les collines, j'ai eu l'impression qu'il ne s'était écoulé que quelques minutes. J'ai regardé ma montre, elle indiquait 17h23. Quel besoin avais-je eu de contrôler ainsi le temps...? J'ai trouvé mon réflexe incongru, déplacé, et si stupide que ma réaction fut de jeter cette moucharde à quartz. Ce geste, si banal soit-il, m'a tout de suite procuré un soulagement. La louve me regardait, complice, j'en suis certain, et semblait satisfaite de ma décision. Le temps vient de prendre une tout autre dimension pour moi. Il ne se divise plus en heures, mais en deux choses basiques : le jour et la nuit.

Richard reste un instant rêveur en se remémorant l'événement, puis il se met à taper.

ELLE ne veut pas entrer dans la maison, je ne sais pas encore pourquoi. Il y a plein de choses que je ne parviens pas à saisir. J'ai acheté un tas d'ouvrages sur les loups, il faut que je comprenne. Je dois tout comprendre.

Richard refend des bûches sur un billot. Un peu d'exercice physique ne nuit pas au gribouilleur d'histoires.

J'ai lu toute la nuit. La moitié des récits relatent des chasses sanguinaires ou des légendes à dormir debout. Heureusement, j'ai trouvé ce que je cherchais dans le bouquin d'un éthologue, une vraie bible pour moi. Il explique que chez les loups chacune de leurs attitudes correspond à un langage. Maintenant c'est à moi d'apprendre ce code d'accès pour communiquer avec elle…

Il revient vers la maison, la louve l'attend, assise.

Il y a déjà une chose dont je suis sûr, c'est qu'elle n'aime pas mes mains. Je ne sais pas encore ce que ça représente pour elle. Peut-être sont-elles trop parlantes ? À moins qu'elles ne soient tout simplement l'expression du reflet de mon âme. C'est vrai... Je n'avais jamais remarqué à quel point nous nous servons de nos mains pour appuyer nos dires nos joies et nos colères. Toujours est-il qu'à partir d'aujourd'hui, j'ai décidé de moins les employer devant elle.

Richard s'approche de la louve et se met à quatre pattes.

— Salut, ma belle...

L'animal incline la tête de gauche à droite en l'observant. Richard avance plus près en cambrant ses reins au maximum afin de montrer sa totale soumission, puis il aplatit sa joue sur le sol.

La louve s'approche et glisse le long de son corps dans un frottement chaleureux et s'éloigne.

Richard fait volte-face, toujours à quatre pattes, la louve revient, se frotte à lui. Il ferme les yeux. Profondément heureux de cette première victoire sur la manière de communiquer avec elle.

Les moments de pure intimité s'enchaînent chaque jour davantage. Richard contemple l'immensité sauvage qui l'entoure, prête une extrême attention à la nature et semble entrer en osmose avec elle. Il capte des choses mouvantes, fugitives, qu'il ne voyait et ne percevait pas auparavant.

Comme celui qui s'adonne à la pêche à la mouche, il ne regarde plus la rivière comme avant, mais il la lit. Il observe les éclosions d'insectes, ces larves qui montent de la gravière où elles sont restées des mois.

Ensuite elles passent au stade d'éphémères car une fois sorties de leur coque de bois et de gravier compilés, tout va très vite, elles se transforment en mouches et montent vers la surface pour sécher leurs ailes et s'envoler à la recherche d'un partenaire pour se reproduire… si toutefois elles ne tombent pas dans la gueule d'une fario avant. Lire la rivière c'est lire les éclosions et toute la vie intense qui règne dans l'eau. Tout un monde que le baigneur enduit de crème solaire ignore.

C'est l'époque de brûler les feuilles mortes, les paysans ont allumé des petits feux çà et là. De hautes colonnes de fumée parsèment la montagne et embrument l'horizon en s'étalant au-dessus des crêtes comme des îlots en plein océan.

Je me suis rendu compte que je la suralimentais. Sa digestion est assez lente, je ne lui donne à manger que tous les deux jours maintenant. Dans la nature, les loups mangent en fonction de la chasse, ils peuvent jeûner plusieurs jours. J'ai remarqué que la nuit, ELLE est plus active et plus agitée. ELLE aime partir seule. J'aimerais la suivre mais il me semble qu'ELLE n'apprécierait pas. Je dois respecter son indépendance. Si ELLE est revenue sous cette forme c'est bien pour que je change. Donc, quand ELLE a envie de partir, je dois la respecter. Je dois respecter tout ce que je n'ai pas su avant. La seule chose que je crains c'est qu'ELLE continue à décimer les troupeaux.

Chante Perdrix. Un gamin arrive à vélo. Une douzaine d'années, un visage massacré par l'acné, calvaire de la puberté. Il frappe à la porte. Richard lui ouvre.

— Bonjour, Quentin. Leslie est souffrante en ce moment. Préviens tes parents qu'elle ne donnera pas de cours de solfège pendant un moment.

— Je reviendrai la semaine prochaine alors ?

— Oui. Enfin, non. Attends plutôt qu'elle t'appelle.

Plutôt content d'avoir échappé à son cours – ce sont ses parents qui le poussent à étudier la musique – le gosse se carapate vite fait sans demander son reste et ira rejoindre ses potes pour jouer au foot. Le front de Richard se couvre de gouttelettes de sueur. Il ne se sent pas bien.

N'importe quel homme pourrait passer des heures

à regarder Leslie beurrer une biscotte tant elle est gracieuse et délicate dans le moindre de ses gestes.

La nuit tombée, Richard, qui a pris pour habitude de dormir dehors, a découvert une ancienne bauge à sangliers remplie de feuilles mortes dans laquelle il s'enfouit et dort en chien de fusil. L'odeur des feuilles mortes en décomposition le rapproche du grand cycle de la vie de la forêt. Les feuilles tombent, se transforment en humus couche par couche et forment une véritable éponge qui garde l'eau de pluie et permet aux graines de germer et se développer dans un milieu riche. La feuille va de la mort à la vie dans un grand cycle.

Il est inquiet. La louve n'est pas revenue de la nuit. C'est à son retour à la maison le matin qu'il la découvre couchée.

Il est soulagé l'espace d'un instant mais son regard se tourne vers la dépouille de l'agneau et sa colère monte.

— Mais pourquoi t'as fait ça, bordel ! ? Tu veux ta mort ou quoi ! ?

Il est en furie, il frappe le sol avec un gourdin. La louve tremblote, ses oreilles sont rabattues et sa queue ne peut pas disparaître davantage entre ses pattes postérieures.

— Il y a tout ce qu'il faut ici ! Pas besoin de piller les troupeaux ! C'est interdit ! Tu vas te faire tuer ! Tu ne peux pas comprendre ça ? C'est strictement interdit.

La louve accomplit une chose qui le fige littéralement. Elle rampe et se couche sur le dos, lui offrant sa gorge et ses parties génitales. Richard ne sait que faire.

Il est vainqueur, certes, mais comment entend-il conclure cette querelle dans les règles ?

Après un temps de réflexion, il se met à quatre pattes, avance, se plaque contre elle en bombant le torse de façon à bien la dominer, l'attrape par la peau du cou et se met à la secouer violemment comme le fait un loup pour imposer sa supériorité sur un congénère. Il la relâche. Aucun mouvement de révolte, elle ne moufte pas. C'est gagné. Il est le mâle alpha.

Toujours à quatre pattes, il va se placer à quelques mètres, face à elle. La louve se relève, prend la dépouille de l'agneau dans sa gueule, la lui apporte et retourne se coucher plus loin. Richard hume la carcasse puis relève les yeux vers elle…

— On est bien d'accord ? Le dominant c'est moi !

Richard inscrit sur son ordinateur :

En fait, il était impératif que j'impose un certain nombre d'interdits pour tester ma supériorité hiérarchique. C'était l'objet de ma petite expérience. Un protocole qu'ELLE a accepté avec une soumission totale. Je pense que je ne me suis pas trompé. ELLE m'a tout de suite donné l'impression d'avoir besoin de ces règles pour que notre couple maintienne un certain équilibre. Cet équilibre que nous avions perdu tous les deux depuis un moment. Maintenant j'ai compris pourquoi ELLE est revenue sous cette forme : c'est pour que je comprenne, que je réalise à quel point j'ai été aveugle. Comment ai-je pu vivre auprès d'elle sans jamais la comprendre… ?

Assis dans un fauteuil près de la fenêtre ouverte,

Richard consulte un des livres concernant le comportement animal. De cet endroit, il peut surveiller la louve dans la cour. La pupille du milan perché sur l'arbre se dilate… Il fixe quelque chose. Son regard tridimensionnel suit le facteur qui arrive dans le chemin. La louve, qui était couchée, se lève immédiatement, nez au vent. Elle pointe les oreilles et file prestement derrière la maison. Richard qui ne comprend pas, ne tarde pas, à en connaître la raison.

— Bonjour, monsieur Butel ! claironne le facteur en apparaissant brusquement à la fenêtre.

— Ah, je ne vous ai pas entendu arriver.

— Normal, je suis descendu à pied. Parce qu'entre nous, votre chemin, avec les dernières pluies, hein… il ressemble plus à un champ de mine qu'à autre chose !

— C'est la rançon à payer pour être tranquille.

— En attendant j'ai attrapé un caillou l'autre fois et j'ai crevé un pneu. Je me suis fait souffler dans les bronches à la poste, j'vous dis pas. J'ai un petit paquet recommandé pour madame.

— Elle est absente.

— Pas grave, signez ici !

Il lui tend son carnet et un stylo. Richard s'exécute. Le facteur remarque les gouttes de sueur qui perlent sur le front de Richard.

— Quelque chose qui ne va pas, monsieur Butel ?

— C'est rien, un peu de fatigue.

Le facteur le salue d'un geste quasi militaire et s'éloigne. Richard ouvre le paquet. C'est un des sempiternels flacons de parfum que la mère s'entête à offrir à sa fille. Il hume le contenu et balance le tout à la poubelle.

Il va prendre une douche et laisse couler longtemps l'eau brûlante sur son corps, puis il sort de la maison. La louve se lève, fait quelques pas et vient se frotter contre lui. Il s'accroupit face à elle et plonge ses doigts dans l'épaisse fourrure noire. Premier contact si intime… Elle ne bronche pas.

Parmi les nombreux ouvrages qu'il a lus sur les loups, il a découvert que la louve n'a rien de la race ibérique. Elle est plus grande, son pelage est bien plus fourni et sa robe est très noire.

Il écrit dans son journal :

C'est la preuve évidente que c'est bien ELLE qui est revenue sous cette forme. C'était une beauté humaine, elle est devenue une beauté animale.

Chaque jour, la louve a besoin de couvrir des kilomètres. Richard s'est mis au diapason. Ils courent à travers bois des journées entières. Dans son ordinateur il a composé une ode qu'il a intitulée *La Saine Ivresse* dans laquelle il évoque le bonheur de courir aux côtés d'une bête sauvage.

Il dort dans les feuilles mortes. Sa main cherche imperceptiblement la louve. Elle ne rencontre pas la fourrure de la bête mais la peau douce de Leslie, couchée nue tout contre lui. L'espace d'un instant, elle a recouvré son corps de femme et ondule sous ses caresses. La dose de Givre de Dieu prise la veille n'y est pas pour rien.

Contraste brutal avec la réalité sauvage du monde animal. Serrés comme deux étaux, les deux crocs plantés dans la gorge ne lâchent pas prise. Le sang du jeune mouton se répand dans l'herbe. Ses pattes arrière battent l'air une dernière fois avant de retomber, inertes.

— Cette fois, mon salaud, c'est ton dernier…

L'acier bleuté du canon brille dans l'aube – le doigt du berger presse la gâchette. Une explosion retentit. L'arme a craché une gerbe de feu…

L'éleveur enfile une seconde cartouche. Au bout du fusil, la mire fouille la nébulosité et cherche à nouveau sa cible autour du mouton égorgé qui gît au sol… mais le prédateur a disparu. L'homme était placé en vent contraire, la louve l'a perçu bien trop tard, elle est blessée.

Le jour se lève, des lambeaux de brume s'effilochent à la cime des arbres en fines dentelles. Dans la bauge à sangliers remplie de feuilles mortes, Richard se réveille, constate avec inquiétude qu'il est seul… La louve n'est pas là.

Madame Taylor patiente au téléphone. Ça sonne mais personne ne répond. Elle laisse un message :

— Leslie, c'est maman… Je voulais savoir si tu avais reçu le N° 5 pour ton anniversaire. Appelle-moi. Je t'embrasse très fort, ma chérie.

Elle s'enfonce un peu plus dans son fauteuil, empreinte à une profonde réflexion.

Une traînée de sang macule le carrelage du couloir. Haletante, la louve est couchée sur un tapis dans la chambre de Richard.

Richard gare sa voiture devant une clinique vétérinaire. Il entre et il est accueilli par Enzo Paolillo, un copain de longue date d'origine italienne, un pote toujours enjoué. Ils ont collé leurs chewing-gums sur les mêmes bancs d'école... ont cherché le pourquoi du comment sous la jupe des filles... comparés la vigueur de leurs érections... peloté les mêmes petites voisines... adoré les Stones et Led Zeppelin... déploré la montée du FN... applaudi la chute du mur... ont été subjugués par l'arrogante puberté qui s'imposait dans les corsages... ont repris deux fois des moules à la mort du dictateur chilien... et ont pleuré le départ de Jacques Higelin, poète funambule tombé du lit, fauché en plein rêve.

— Dis donc, ça fait un bail qu'on s'est pas vus. Toujours aussi sauvage, l'écrivain !

— Le chien de mon voisin a pris un coup de chevrotine. Tu peux me donner de quoi le soigner s'il te plaît ?

— Pourquoi il ne l'a pas amené ici ?

— Il est vieux et handicapé.

— Le voisin ou le chien ?

Richard ne relève pas la note d'humour.

— Pas de problème. Je prends ce qu'il faut et on y va.

— Non.

— Comment ça, non ?

— Donne-moi juste ce qu'il faut, il tient à le faire lui-même.

— C'est-à-dire que... C'est pas évident d'endormir un chien.

— T'inquiète, il saura faire.

Le véto reste un instant dubitatif…

— Bizarre.

— Qu'est-ce qui est bizarre ?

— Ton histoire de chevrotine. Tu sais que c'est interdit ?

— Oui, oui. Je sais, mais bon… Il y a peut-être des chasseurs qui en utilisent encore.

— Les chasseurs c'est quatre-vingts pour cent de ma clientèle, je les connais bien. À chaque battue ils ont des chiens qui se font buter par des sangliers, alors tous les lundis je les recouds à tour de bras. Et crois-moi, avec les nouvelles législations, ils ne risquent pas d'employer ce genre de cartouches ! Et en plus la chasse est fermée en ce moment.

Le véto note le front en sueur de Richard.

— Quelque chose qui ne va pas ?

— Non, tout va bien, juste un coup de froid.

Sceptique, Enzo part chercher le nécessaire dans l'arrière-salle et lance :

— Dis-moi ? T'aurais pas fait une mauvaise rencontre ces derniers temps autour de chez toi ?

— Quel genre de mauvaise rencontre ?

— Des bruits courent qu'il y aurait un loup qui rôde dans ton coin.

Silence. De son local à médicaments, Enzo l'observe discrètement à son insu.

— Euh… non. J'ai rien vu.

— Ce sont les bergers qui racontent ça. Il paraît qu'ils ont eu plusieurs bêtes de tuées dans la vallée.

— Ah bon… ?

— Mais de toi à moi, je ne vais pas dire du mal des éleveurs, c'est ma clientèle, mais je ne crois qu'à moitié ce qu'ils racontent. Quand il s'agit de toucher une prime, hein, les langues vont bon train. Et puis la différence entre un loup et un chien errant, des fois… Tu vois ce que je veux dire.

Il lui remet le nécessaire dans un sac.

— Je ne t'ai pas mis de seringues, je suppose que tu as ce qu'il faut.

Richard ne relève pas l'allusion à son addiction.

— Je te mets un anesthésiant. Normalement on les endort avec du gaz, mais comme tu ne veux pas que je vienne… Je t'ai rajouté des antibios, on ne sait jamais. Si ça s'infecte, tu diras à ton voisin de le traiter pendant une semaine.

— Merci. Je te dois combien ?

— Laisse tomber. Une bonne bouffe tous les quatre fera l'affaire. Comment elle va ?

— Qui ?

— Ben, Leslie.

— Ah… Bien… Elle va bien. Débordée comme toujours, entre les cours, les concerts…

— Embrasse-la bien de ma part. Ah, pour la bouffe, c'est ma femme qui s'occupera du repas parce que Leslie, entre nous, question cuisine, ce n'est pas vraiment ça. Dans mon village, en Toscane, on dit qu'une amie c'est quelqu'un qui coupe les spaghettis en deux pour les cuire, mais qu'on aime bien quand même.

Richard se fend d'un sourire. Il n'a qu'une envie c'est de partir au plus vite.

— Bon ben bonne chance pour le chien de ton voisin. Comment il s'appelle déjà ?

— Fernand.

— Non, le chien.

— En fait c'est une chienne. Princesse ou Duchesse, un nom à la con de ce genre, je ne sais plus très bien.

— Dans mon village, on dit aussi qu'un ami c'est quelqu'un qui ne vous dit pas tout mais qu'on aime bien quand même.

Richard baisse les yeux. Il sait qu'Enzo sait.

— Allez, va soigner ta bête.

Une bille de plomb coincée dans une pince tombe dans une assiette près d'une autre chevrotine. Des cotons gorgés de sang y reposent également, ainsi qu'une seringue. Richard humecte un coton de désinfectant.

— T'as de la chance ! Deux centimètres de plus et la balle te brisait l'échine…

Il tamponne le cou de la louve, anesthésiée.

— T'inquiète pas, tu vas encore dormir un bon moment et quand tu vas te réveiller, tout sera terminé.

Il prend une aiguille et prépare le fil pour la recoudre. Aurait-il été capable d'accomplir une intervention chirurgicale il y a quelques années ? Il ne sait pas et ne s'est pas posé la question. Il a agi d'instinct.

Sur un adret qui jouxte la maison des Butel, une couleuvre, encore engourdie par la nuit froide, trouve une pierre plate idéale pour se réchauffer. On dit la couleuvre fainéante mais c'est sans savoir que son corps ne pourra être opérationnel qu'une fois qu'il aura atteint une température suffisante pour se mouvoir. Pire qu'un diesel. Cela peut mettre un bon moment, selon l'ardeur du soleil, et c'est bien ce laps de temps que choisit le circaète Jean-le-Blanc pour repérer ses proies.

L'aigle accomplit de larges cercles dans le ciel. À cent cinquante mètres au-dessus du sol, son œil repère très vite la couleuvre encore endormie. Le temps qu'elle réalise l'attaque, le circaète emprisonne déjà son corps, et un seul coup de bec suffit à lui défoncer la tête. Tandis qu'il l'engloutit, il ne fait pas attention à l'œil cyclopéen d'un fusil pointé sur lui. Un bruit de tonnerre et il est pulvérisé par le tir de chevrotine en plein poitrail. Il ne reste rien de lui et rien de la couleuvre.

C'est le braconnier à la tache de vin qui lui a tiré dessus. Les raisons… ? Il ne les connaît sans doute pas lui-même. Pas plus qu'il ne semble connaître la liste des animaux protégés et leur utilité dans la nature. Il récupère une patte du rapace et fourre son trophée dans sa poche. Une fois séchée, elle ira compléter le collier qu'il porte à son cou, fait de défenses de sanglier et pattes d'oiseaux.

Qui est cet homme dont les mœurs sont d'un autre temps… ?

Le samedi matin, c'est jour de marché à Pau, quelques paysans vendent leurs produits sur le trottoir. Richard s'arrête devant les cages renfermant des poules et des lapins. La dernière fois qu'il lui a acheté du poulet tout préparé, elle l'a boudé. En faisant des recherches, il a appris qu'on nettoyait les poulets industriels avec des solutions contenant du chlore. Elle a détecté cette odeur et c'est certainement ça qui l'a rebutée. Il lui faut de la viande fraîche sans saloperies.

Une heure après, un filet de sang gicle dans un bol. Au-dessus, le lapin, attaché par les pattes à un arbre, file un dernier coup de reins avant de trépasser. Richard le dépèce. Il y a quelques semaines, il aurait été incapable de faire une chose pareille. Et encore moins devant Leslie. Là, il n'a même pas réfléchi, les choses se font naturellement. Une fois sa tâche terminée, il monte à son ordinateur et commence un paragraphe qu'il appelle : *Réflexion sur l'ordre des choses*.

Quelques bergers tapent le carton au fond de la salle d'un vieux bistrot de village. Parmi eux, le vieillard et l'autre berger.

Après avoir abattu un brelan de dames…

— Je te dis que je l'ai touché, dit l'un d'eux. Et avec de la chevrotine, exprès, pour pas le manquer.

— Alors pourquoi qu'on l'a pas retrouvé ? demande le vieillard.

— Il est allé crever plus loin dans les bois et puis c'est tout. L'histoire est classée.

— Pour moi, reprend le vieil homme, l'histoire serait classée si on avait retrouvé sa dépouille !

Le patron qui écoute d'une oreille s'approche.

— Dites donc, les gars, je croyais que c'était interdit la chevrotine… ?

— On s'en fout de la loi.

— La loi, c'est nous ! ajoute un autre. Les bêtes, c'est nous qu'on les élève, pas toute cette bande de gratte-papier.

— Et leur prime de dédommagement, on s'en bat les couilles, ils peuvent se la mettre au cul, bien profond. Ça remplace pas une bonne bête qu'on a mis des années à sélectionner. Moi, j'ai la moitié de mes brebis qui sont des bessonnières. Ils vont m'en trouver, eux, des brebis qui font deux agneaux à chaque mise bas ! ?

— T'as raison, ils n'y connaissent rien, tous ces cravateux qui nous gouvernent !

— En tout cas, moi je dis que ça va encore faire des histoires avec les écolos.

— Les écolos, on leur pisse à la raie !

Richard marche à quatre pattes. Il s'approche de la louve, se fourre les doigts au fond de la bouche et vomit. Il écrit l'anecdote dans son journal.

Leslie est presque rétablie, mais je suis toujours obligé de pré digérer sa viande. Une chevrotine lui a perforé l'estomac. Les premiers jours j'avais haché la viande mais cela ne suffisait pas. À ce niveau, j'avoue que les livres m'ont bien aidé. J'ai donc adopté la méthode de régurgitation, la même que celle employée par les carnivores pour nourrir leurs petits. Je mange la viande crue et je la vomie une heure après. Au début, ce n'était pas très agréable, surtout le lapin, mais je m'y suis fait, c'est la seule façon de la sauver.

Il va s'allonger plus loin, la tête dans les mains, et contemple sa convalescente avec affection. Plus tard, il note ceci sur son ordinateur :

Bien entendu, j'ai lâché la bouteille. Je ne fume plus non plus. Si elle décèle une seule de ces odeurs, elle refuse de s'alimenter. Malgré mes efforts, je trouve qu'elle a tout de même beaucoup maigri.

Deux trois jours plus tard, alors que la louve et Richard dorment devant la maison, la bête se réveille, se lève, s'approche de lui et lui donne un coup de museau.

Il ouvre un œil. La louve le fixe. Puis soudain elle a comme un haut-le-cœur…

— Qu'est-ce qu'il y a… ? Qu'est-ce qui se passe… ?

La louve hoquette, repart se coucher plus loin. Richard se retrouve avec une bouillie sous le nez. Il relève les yeux vers ceux de la bête. Un long regard plein de tendresse les unit pour la première fois.

Richard marche dans la forêt. La louve trottine à une vingtaine de mètres devant lui. Au loin les montagnes à perte de vue lui donnent la sensation d'être seul au monde avec elle. Dans le ciel, le milan tourne en quête d'une proie…

Dans un premier temps, j'ai pensé qu'elle n'arrivait pas à digérer la nourriture que je lui donnais. C'était une erreur. Non seulement elle était guérie, mais l'offrande qu'elle venait de déposer devant moi représentait bien plus que le simple remerciement de l'avoir soignée. Pour elle, il s'agissait d'un authentique acte d'amour.

Par la fenêtre ouverte, la nuit tombe sur la forêt. Devant son ordinateur, Richard réfléchit… et tape sur son clavier.

Je ne pouvais pas refuser un tel acte et je dois avouer que pas une seule seconde je n'ai été rebuté par la bouillie. Ça sentait bon… Ça sentait l'intérieur de Leslie, l'intérieur de celle que j'avais perdue, l'intérieur de celle que je n'avais pas aimée assez, l'intérieur de celle que j'aimais par-dessus tout.

J'ai lapé longuement la bouillie, j'étais profondément heureux. Leslie s'est approchée de moi et m'a léché les lèvres doucement, tendrement… Ce fut comme un long baiser…

À nouveau quelque chose ne va pas. Quelques gouttes de sueur perlent sur son front, il les balaie négligemment d'un revers de main…

Richard a repris l'habitude de passer ses nuits dehors avec la louve. Ils sont couchés l'un contre l'autre. Il a plongé des doigts dans son pelage et la caresse doucement…

Chaque jour, chaque heure et chaque minute passés auprès d'elle me rapprochent de l'essentiel. Leslie m'attire vers une sorte d'état sauvage, et plus elle m'attire, plus je me laisse aller. Je me sens libéré et profondément heureux. Le monde me semble très différent.

Un temps…

Puis peu à peu monte une rumeur dans le ciel qui attire son regard, ce sont les oies cendrées qui migrent vers le nord. Elles iront se gaver d'herbe dans les plaines des Pays-Bas, élèveront une couvée et reviendront avec leurs rejetons avant l'hiver. Richard les contemple avec fascination.

Fin d'après-midi. Le soleil couchant rougit l'horizon. Dans la cour, Richard joue avec la louve. Il court et elle lui saute dessus. Il roule au sol, elle lui attrape son pantalon et tire dessus en grognant. L'état des vêtements de Richard est catastrophique, ils sont déchirés de toute part. Il lance un os vers la maison, elle y court.

Mais soudain, elle s'immobilise, nez au vent… puis file dans la remise, la queue entre les pattes. Richard fronce les sourcils… coule un regard vers l'arbre mort… Le milan prend son envol et quitte son poste d'observation. Le ronronnement qui se fait entendre dans le chemin confirme l'approche d'un intrus. Il est bientôt suivi par l'apparition d'un 4x4 qui cahote dans les ornières, et se gare devant la maison.

Anne, en descend. Elle ferme sa portière et s'y adosse, relève ses lunettes et promène un regard moqueur sur lui en le détaillant de la tête aux pieds.

— Pas mal, ton nouveau look.

Il s'avance vers elle et se sent obligé d'expliquer l'état de ses vêtements en lambeaux.

— J'ai débroussaillé les ronces, derrière. C'est pas rien.

— Ton téléphone fixe déconne.

— C'est possible.

— J'ai laissé plusieurs messages sur ton portable, tu ne réponds jamais. Ça devient une maladie.

— Je ne sais pas où je l'ai fourré.

Elle baisse les yeux et aperçoit un os de la louve par terre.

— Vous avez un chien maintenant ?

Elle pousse l'os du bout de son escarpin.

— T'aurais trouvé une pelote de laine, tu m'aurais demandé si j'avais un chat ?

— Merci pour l'accueil, ça fait toujours plaisir ! T'as pas l'air dans ton assiette, je me trompe ?

— Anne, ça va, tout va bien. T'inquiète pas.

— Tu mens toujours aussi mal. J'ai soif, qu'est-ce que tu me proposes ?

Anne promène un regard circulaire dans le salon. Intriguée, elle s'attarde sur le CD de la chef d'orchestre Sarah Kolb qui sur la photo est à côté de Leslie…

Richard lui apporte un verre et lui sert un whisky. Elle fait une petite moue amusée quand elle voit qu'il ne se sert que de l'eau. Elle s'assied sur le sofa, sort un paquet de cigarettes et lui en tend une.

— Merci. J'ai arrêté la clope et l'alcool.

— Chassez le naturel, il revient au goulot !
— Très drôle.
— Tu bois plus, tu fumes plus… On peut savoir le pourquoi de ces grandes décisions ?
— Une envie de jouer les prolongations. J'ai décidé de vivre un peu plus que prévu.
— Vaste programme… Et pour le reste ?
— Le moins souvent possible. Enfin, j'essaie…
— Je ne peux que m'en réjouir.

Le soir est tombé. La louve s'approche du 4x4 d'Anne et renifle toutes les odeurs. Sa mémoire olfactive pourrait retracer tous les endroits que la voiture a traversés.

Anne est maintenant debout face à une photo de Bertille, leur fille, avec Richard. Ils sourient un peu bêtement comme on le fait pour toutes les photos de famille.
— Je te préviens, Anne, si t'es venue pour me parler de Rochant et de mon dernier roman, tu perds ton temps.
— Il est très inquiet à ton sujet.
— Il n'a aucune raison de l'être.
— Je suis ici pour qu'on parle d'elle, dit-elle en donnant un coup de menton vers la photo. Bertille paraît très heureuse sur cette photo.
Il s'assombrit.
— Richard, elle ne va pas très bien en ce moment… Ça fait combien de temps maintenant ? Il faut que vous parliez tous les deux.
— J'ai essayé. Je suis passé chez elle, il y a trois

semaines. Elle ne m'a même pas ouvert la porte. Et je suis sûr qu'elle était là, elle m'a regardé par la fenêtre quand je suis parti.

— Oui, je sais. Elle m'a dit.

— Je suis allé voir son expo. J'aime beaucoup ses photos. Elle fait vraiment du bon boulot.

— T'as laissé un mot sur le cahier ?

— Oui : *Ce qu'on te reproche, cultive-le, c'est toi.*

— Mais t'as pas signé ? Pourquoi ?

— La phrase n'est pas de moi.

— Elle est de Cocteau, je sais, mais Bertille a reconnu ton écriture.

— Qu'est-ce que tu veux que je fasse de plus ? Elle ne supporte pas que je vive avec quelqu'un d'autre que sa mère.

— Tu protèges Leslie comme si c'était ta fille, c'est un peu normal qu'elle réagisse comme ça, non ? Quelque part, Leslie lui a pris sa place.

— Oh là ! Tu dérapes dans la psychologie de Monoprix ?

— En tout cas, c'est ce qu'elle ressent. Pourquoi tu ne lui écris pas ? Quand t'écris, tu sais toujours trouver les mots.

— Ça ne servira à rien, elle foutra la lettre à la poubelle sans même l'ouvrir, comme toutes les autres.

— Détrompe-toi. Elle n'en a jamais jeté une seule. Elle les a toutes, bien rangées dans un tiroir.

Un temps, elle quitte la photo des yeux et se tourne vers lui.

— Ça t'étonne… ? Il ne faut pas te fier aux apparences. Elle est comme toi, ta fille. Rugueuse à l'extérieur, mais en dessous le bois est tendre. Elle t'aime, c'est à toi de revenir vers elle, c'est toi l'adulte. Remarque, des fois je me demande…

Il soupire.

La vie est un grand cycle qui va de l'enfance vers l'enfance, disent les Indiens.

Elle pose sa main sur son bras, le fixe dans les yeux… Instant intense pour eux.

— Il ne nous reste plus beaucoup de solutions, Richard. Ou bien on essaie de partager nos chagrins, ou bien on continue de les additionner chacun de notre côté.

Un long moment de tendresse traverse leurs regards… Ils se tombent dans les bras et s'étreignent fortement.

Soudain la louve perçoit un bruit de pas, c'est madame Taylor qui arrive à pied par le chemin. Elle file se cacher derrière la maison. Madame Taylor s'apprête à frapper quand son regard est attiré par ce qui se passe dans le salon. Elle regarde au travers des vitres et voit Richard et Anne enlacés. Pour elle, c'en est trop. Elle ne cherche pas à en savoir davantage et s'en va.

Le matin, Anne sort du lit. Elle remet un peu d'ordre dans ses cheveux. Richard était tellement mal qu'ils ont parlé une partie de la nuit et elle est restée dormir avec lui.

— Merci d'être restée, Anne.

— Le café est toujours au même endroit ?

Il opine.

Quelques heures plus tard, Richard est assis sur un rocher qui domine les montagnes pyrénéennes. La louve est allongée plus loin derrière. Il s'approche d'elle à quatre pattes, se couche à côté et se blottit contre elle en chien de fusil.

— *On appartient au futur toi et moi... Hein ? Plus rien ne pourra nous séparer, Leslie. Toutes les nuits, on partira faire des courses folles à travers la montagne... Je tuerai avec toi et ensemble on boira le sang de nos victimes... Tu verras... On va être à nouveau heureux ensemble. Comme avant, Leslie... Comme avant...*

La louve se lève, se rapproche de lui et le fixe droit dans les yeux, comme pour lui donner son assentiment...

Bien défoncé, torse nu devant la glace. Il concrétise son union ou plutôt, sa nouvelle union. Il sort une lame de rasoir et se fait une entaille sur la poitrine côté cœur. Puis, il ôte son alliance et l'introduit dans l'incision. Ensuite, avec calme et en contrôlant parfaitement sa douleur, il prend fil et aiguille et pratique des points pour refermer la blessure.

— Pour celle que j'aime par-dessus tout, à la vie à la mort.

Un magnum d'eau minérale trône près du clavier de l'ordinateur qui est allumé. Les mots s'inscrivent au rythme des touches qui s'enfoncent sur le clavier.

Depuis deux jours, Leslie est étrange. Je viens de réaliser que la nervosité qui l'animait depuis une semaine est d'une tout autre nature. Nature est le mot, car j'ai découvert qu'elle perdait un peu de sang. Elle se frotte contre moi amoureusement. Elle pousse des hurlements vers la montagne en face, vers l'ouest. Peut-être le son sera-t-il porté aux crêtes suivantes. Son chant, si on peut parler de chant, est long, mélodieux presque lascif. Je lis à livre ouvert ce qui se passe dans son corps et son cerveau. Elle tente désespérément de combattre la force instinctive qui la pousse à partir chercher un mâle. Je dois l'emmener vers ses congénères. C'est ce qu'elle attend de moi. J'ai repoussé la possibilité de cette rencontre jusqu'à présent, en égoïste, je dois bien l'avouer. Mais aimer Leslie, c'est avant tout la comprendre et accepter sa différence… comme elle a été capable de le faire pour moi pendant si longtemps.

Le lendemain, une nouvelle balade en montagne va ébranler certaines convictions de Richard qui avait tendance à croire en une nature paradisiaque…

Le chevreuil est là, immobile dans les fougères. Un liquide lacrymal coule de son larmier le long de ses joues et trempe son pelage, ce qui attire une nuée de mouches. Il secoue régulièrement la tête pour les éloigner mais rien n'y fait, elles reviennent immédiatement à la charge. Il pourrait partir, bondir dans les capillaires pour s'en débarrasser, mais une chose l'en empêche.

Là, sur sa cuisse arrière, deux trous béants. Un tir de chevrotine mal ajusté qui, apparemment, date de plusieurs jours. Son instinct l'a poussé à se rouler dans la boue pour panser ses plaies. Mais sous la croûte d'argile devenue sèche, les asticots ont continué leur œuvre, ils se repaissent de la chair morte. D'autres mouches viennent pondre à nouveau et plus ça va, plus les trous s'élargissent.

C'est une femelle, une primipare, elle a probablement été dérangée pendant sa mise bas. Son faon avait déjà engagé la tête et ses pattes antérieures avant le tir. Elle a fui avec son avorton qui brinquebalait entre ses cuisses. Le mucus a séché autour de son museau, empêchant la moindre entrée d'oxygène. Il s'est asphyxié.

Depuis combien de temps supporte-t-elle cette souffrance ? Richard est statufié devant la détresse de l'animal immobile dans les hautes herbes. Il tente bien un contact mais l'animal ne lui renvoie aucun souvenir, il est trop faible. Le visage du braconnier lui apparaît par fragments de quelques secondes.

À ses côtés, ELLE assiste aussi à l'agonie du cervidé. La chevrette fixe la louve. Une sorte de complainte dans son regard laisse croire qu'elle sait qu'elle est la seule à pouvoir mettre fin à ses souffrances. Richard est témoin de la relation entre les deux bêtes, un hallali duquel il n'est que spectateur. Il ne peut intervenir. Contrairement aux humains, les bêtes ne s'aident pas entre elles, elles subissent la maladie comme une fatalité. Ébranlé par cette réflexion qui remet ses convictions en question, il fait quelques pas en arrière, comme pour s'effacer. S'exclure. Telle est sa condition humaine.

Soudain la louve rampe et se jette au cou du cervidé. Complètement anémiée, la chevrette tombe immédiatement sur le flanc. Les crocs sectionnent la jugulaire et le sang gicle par terre, la vie se retire en quelques secondes et son œil devient fixe et terne.

Le retour se fait dans un profond silence et de nombreuses pensées se bousculent dans le cerveau de Richard.

Nuit agitée. Il est en nage, fébrile, il termine de gravir les marches qui mènent à l'étage. Il entre dans la salle de bains — ouvre la pharmacie — sort un tube de médicaments, jette deux cachets dans un verre.

Le lendemain matin, le break Ford file sur la route aux premières heures du jour. La louve est à l'arrière.

Une voiture arrive devant la maison de Richard. C'est à nouveau la mère de Leslie. Toujours d'une extrême élégance, elle dénote dans le paysage avec son côté vieille France. Elle inspecte la façade, remarque que la clef est sur la porte d'entrée, et pénètre à l'intérieur. Elle reste immobile au milieu du salon en désordre. Elle remarque la vaisselle empilée dans l'évier, des restes de victuailles sur la table, la poubelle qui déborde, etc.

La voiture de Richard file sur la route. Au loin, les cimes enneigées des Hautes Pyrénées se découpent en ombres chinoises sur le ciel.

Il se pose mille questions. Le solitaire est-il quelqu'un d'abandonné ? En a-t-il fait le choix ? Dans le tumulte des événements, la solitude est une tentation et au fil du temps il est possible qu'elle devienne une amie…

Après avoir passé la frontière, il arrive à destination. Un parc animalier du côté espagnol. Il attend que la nuit tombe puis, muni d'une pince-monseigneur, il coupe une partie du grillage d'un enclos. Il sort la louve de la voiture et la conduit devant la brèche. Il s'agenouille, la caresse tendrement. Un long hurlement de loup se fait entendre. La meute n'est pas loin.

La louve semble hésiter…

— Va ! Je reviendrai te chercher plus tard. Promis.

La louve tend les oreilles, un nouveau hurlement se fait entendre et, à une quarantaine de mètres, la silhouette d'un loup se dessine. C'est un mâle alpha accompagné de quelques femelles. Cette fois, la louve n'hésite plus, elle s'aplatit pour passer sous le grillage et s'avance vers la meute.

Soudain, c'est l'allégresse pure. Chaos d'amour, courses folles, léchage de babines et jeu de positions corporelles. Se sentant étranger à cette sarabande de retrouvailles, Richard baisse les yeux et reste pensif un moment, puis il s'occupe de rafistoler le grillage de l'enclos.

Il rentre dans la nuit et ne peut dormir. Il envoie un mail à sa fille Bertille. Il a inscrit en haut de page : « *Bien à toi, ma fille.* » C'est tout. Pas un mot ne semble sortir.

Son visage est blanc. Maladif. Il porte la main à son front, il est à nouveau en sueur. Fiévreux. Il veut se lever de sa chaise, mais cette fois la crise qui arrive est bien plus violente que les précédentes. Tout vacille autour de lui et des flashs de lumière l'agressent. Pris d'un vertige, il se retient à son bureau pour ne pas s'écrouler mais verse en arrière et tombe. Il reste couché, épuisé.

Le lendemain, il va mieux et reprend son habitude de dormir en forêt dans sa bauge à sangliers. Il a trop besoin de ce contact avec la vie sauvage.

Les yeux grands ouverts, il fixe une chouette hulotte perchée sur un arbre.

Leslie m'a fait un don. Celui de lire dans la tête des animaux. C'est le plus grand des cadeaux qu'un homme puisse recevoir. Désormais je fais partie du grand cycle de la nature même si c'est parfois cruel.

Peu à peu un lien les unit, il pénètre dans le cerveau de l'oiseau…

Sa mosaïque rétinienne change et il voit désormais exactement comme la chouette voit. Les couleurs sont différentes et c'est une tout autre perception de l'espace. Les photorécepteurs détectent les moindres mouvements dans la forêt…

Le son s'amplifie…

Il perçoit les bruits exactement comme l'oiseau nocturne qui possède un sens auditif hyper performant.

Un craquement de brindilles ici…

Un froissement de feuilles là.

Un mulot qui chicote un gland.

Il est dans une autre dimension. Il fait partie intégrante de la forêt et semble en extase.

La nature autour se transforme. Tout devient argenté, semblable au jour où il a aperçu le braconnier.

Mille sons différents et cris d'animaux emplissent son cerveau en une sorte d'ivresse…

Je suis rempli d'une telle force que j'ai la certitude que plus rien ne peut m'arriver. Plus rien ne peut nous arriver, Leslie, plus rien… On est unis à jamais…

Entretien à la gendarmerie. Deux hommes en uniformes font face à madame Taylor, la mère de Leslie.

— Ma fille et moi sommes très liées. On s'appelle régulièrement. Là, Leslie ne répond plus du tout au téléphone depuis des semaines.

— Vous vous êtes rendue chez elle ?

— Bien évidemment. Deux fois.

— Et vous ne l'avez pas trouvée ?

— Sinon je ne serais pas ici.

— Ça ne veut pas dire pour autant qu'elle a disparu.

— Quelqu'un d'autre a pris sa place.

— Comment ça, quelqu'un d'autre ?

— Je sais ce que je dis.

— Madame Taylor, arrêtez vos sous-entendus. Tâchez d'être un peu plus claire, s'il vous plaît, parce que là, on ne va pas s'en sortir.

Falaise du Sabot-de-Vénus, un vieil homme promène son chien Bakounine qui soudain s'éloigne et se met à aboyer en fixant quelque chose au fond d'une ravine. Le maître tente de le faire revenir, mais il refuse et ne cesse de japper. Le nonagénaire est contraint de le rejoindre pour lui remettre sa laisse.

C'est alors qu'il comprend les raisons de ses aboiements : en bas un corps féminin nu à moitié décomposé est en partie enfoui sous les feuilles mortes.

Richard marche à pas feutrés dans la forêt. Tous ses sens sont en éveil.

Le vent dans les branches…

Une tourterelle qui quitte bruyamment sa branche…

Le cri rauque d'un faisan de Colchide sonne comme un vieux klaxon de voiture…

Soudain, un tout autre bruit lui parvient. Une sorte de chuintement, une onde acoustique extérieure.

Son oreille interne semble le guider dans une direction.

Avant de rencontrer l'homme, j'ai d'abord senti son odeur au loin. Ensuite je me suis laissé guider par mon oreille. Car c'est bien par là que je reçois les ondes, avec les animaux. L'homme devait être à une cinquantaine de mètres environ.

Richard parvient en haut d'un talus. En bas, l'homme qui pose des pièges est le braconnier à la tache de vin qu'il a déjà croisé.

Dans le ciel les vautours tournent inlassablement au-dessus de la falaise du Sabot-de-Vénus.

Absorbé, Richard termine d'écrire avec frénésie sur son ordinateur l'étrange phénomène qu'il vient de vivre.

J'ai senti l'odeur de l'homme comme si j'étais moi-

même un animal. C'est à cet instant que j'ai réalisé que je venais d'entrer dans une autre dimension... J'étais devenu un animal. Désormais je fais enfin partie de cet état sauvage que j'ai toujours recherché.

Au-dessus du Sabot-de-Vénus, un gypaète barbu s'élève dans le ciel avec un os énorme dans le bec. Un connaisseur averti pourrait affirmer qu'il s'agit d'un tibia humain. Le rapace tournoie avec précision et lâche l'os au-dessus d'une énorme plaque de roche. Chute libre savamment calculée, l'os se fracasse en morceaux contre le rocher. Le gypaète, vautour qui ne se nourrit que d'os, descend en vol plané, se pose et ingurgite les uns après les autres tous les fragments d'os et la précieuse moelle qu'ils contiennent. Le gypaète barbu est un grand nettoyeur de bêtes crevées, il passe après tous les autres charognards et termine le travail en ingérant les os, si bien qu'au bout d'un moment, il ne reste plus rien des cadavres. Hygiène totale de la nature.

Parfois Leslie laisser brûler un plat, trop absorbée à crever le papier bulle d'un emballage.

Une jeune fille d'une vingtaine d'années, un brin délurée, cheveux verts et jeans troué aux genoux, pénètre dans les bureaux de la gendarmerie de Pau avec Bakounine le chien de son grand-père.

— Mon grand-père a trouvé un macchabée dans la forêt.

— Où exactement ? demande un bleu.

— En bas du Sabot-de-Vénus.

— Pourquoi il n'est pas venu lui-même, votre grand-père ? s'enquiert le second.

— Parce qu'il ne parle pas aux flics.

— On n'est pas ici pour plaisanter, mademoiselle !

— Moi non plus. Je fais juste la commission. Mon grand-père m'a demandé de venir, je viens, point barre.

Pendant ce temps, le chien lève la patte et pisse trois gouttes sur le chambranle de la porte.

— Tenez votre chien, se plaint le premier.

— Bakounine tu fais chier putain !

Têtes des deux gendarmes.

— On peut savoir pourquoi votre grand-père refuse de parler à la police ?

— Depuis qu'il a vu une copine à lui, délogée par la police pour être embarquée, elle et sa famille, au Vel' d'Hiv' en 1942, il a juré qu'il n'adresserait plus jamais la parole à un flic. C'est pour ça qu'il m'envoie moi, bien que ça ne m'enchante pas non plus. Le Sabot-de-Vénus, je peux vous montrer où c'est sur la carte, si vous voulez.

Têtes déconcertées des deux gendarmes. Elle mâche bruyamment son chewing-gum pendant qu'un ange passe…

— Moi, je vous répète ce qu'il m'a dit, reprend-elle car le temps file. Maintenant, si vous ne voulez pas prendre ma déposition, c'est pas un souci, moi je m'arrache et on n'en parle plus.

— Si, si… reprend le second bleu… Euh… nom prénom âge domicile… ?

Bien que peu banale, l'info remonte immédiatement jusqu'au commandant Gérard Carré. Chef du groupe expert de la Sûreté. Section criminelle des Pyrénées Atlantiques. Il est dérangé par son portable qui sonne alors qu'il est en plein travail d'alevinage dans le Gave de Pau. Féru de pêche à la mouche, Gérard Carré fait partie de l'association Migradour qui a pour but de maintenir les effectifs de saumons dans le Gave. Le but est d'éviter au maximum les obstacles qui empêchent la migration de ces poissons. Repérer les pollutions et autres facteurs à risques, sélectionner les géniteurs pour élever des alevins de la souche afin de les relâcher. Toutes ces activités le passionnent et c'est sûr, il a hâte d'être à la retraite pour s'investir davantage dans ce combat.

Il confie aussitôt l'enquête à Axelle Vander et sa jeune stagiaire, Camille Lemay, 24 ans, récemment nommée au grade de lieutenante. Celle-ci sort d'une formation au sein du SCRCGN (Service central de renseignement criminel de la gendarmerie nationale). Cheveux courts, un peu garçon manqué, un brin naïve, fine, végane invétérée, passionnée par les oiseaux, un peu maladroite et peu sûre d'elle, mais dotée d'un sourire à décrisper les plus aigris. Elle a tout d'un jeune faon qui vient de naître, gracile avec des yeux en amande. Ce qui lui vaut immédiatement le surnom de « Bambi » par sa supérieure et ses collègues.

Elle est rentrée dans la police, poussée par son père qui était flic aussi. Aujourd'hui à la retraite. Était-ce une bonne idée ? Ça ne la faisait pas rêver. N'étant pas sûre elle-même d'être vraiment adulte, elle avait suivi le tracé imposé par ses parents. Puis elle avait tout rejeté en bloc. Une route toute tracée sans chemins de traverse ni aires de repos : fiançailles, mariage, création d'une famille, baptême, etc.

Aujourd'hui, mettre au monde un enfant ne rentre pas dans ses préoccupations principales, d'autant que l'époque lui paraît vraiment hostile et qu'elle n'a pas de compagnon pour le moment. Alors qu'elle n'a même pas franchi le quart de siècle, Camille vit avec la sensation d'être embarquée dans la mutation sournoise et suicidaire d'un monde moderne qui fait fi de l'avenir de la planète. Et dans cette grande marche aveugle sans rêves et sans utopies, il lui faudrait être terriblement inconsciente pour y injecter un enfant…

Elle fait donc ses premières armes sur le terrain sous la houlette d'Axelle Vander. Quant à celle-ci, elle a quitté le SRPJ de Versailles pour venir s'installer à Pau auprès de sa compagne, Florence Colombani.

Charmante femme dont l'élégance se confond avec sa simplicité. La grande classe. Belle de l'intérieur, gracieuse, discrète et intelligente. Dotée d'une aura particulière que bien des femmes lui envient, il lui avait suffi de la regarder tenir sa tasse de thé pour qu'Axelle tombe amoureuse. À 50 ans, elle avait enfin trouvé la femme de sa vie.

Après avoir fait psycho, Florence s'est spécialisée en naturopathie et en hypnose ericksonienne. Elles se sont mariées il y a deux ans dans la discrétion la plus totale. Un voyage de noces au Pérou pour visiter les cités incas.

Tout aussi distinguée que sa compagne, Axelle est connue pour sa ténacité, son intuition et sa perspicacité.

Richard est dans un état second. Contrairement à ce qu'il a dit à Anne, il n'est pas parvenu à se détacher de son addiction à l'héroïne. Il marche en haut d'une montagne tout en se débarrassant de ses vêtements. Il est nu face à l'immensité. Ses yeux s'emplissent de larmes tant il est heureux. Il se sent libre, en parfait accord avec les éléments qui l'entourent.

Une Rubalise noire et jaune délimite la zone de recherches de la police aux alentours de la falaise du Sabot-de-Vénus. L'endroit indiqué par la petite-fille du retraité au chien. Un effectif de gendarmes est commandé par les enquêteurs de la brigade criminelle : Axelle Vander et Camille Lemay, habillées d'une combinaison blanche de protection. Autour, les gendarmes fouillent les lieux à la recherche d'indices.

L'un d'eux trouve l'écharpe accrochée dans l'arbuste épineux. Un autre passe le tapis de feuilles mortes au détecteur à métaux. Une série de bips-bips sans cesse croissants se fait entendre de sa « poêle à frire ». Le gendarme découvre alors le portable de Leslie, perdu par Richard sous les feuilles. Quelques minutes plus tard, nouvelle détection, cette fois c'est une alliance en or avec des morceaux de chair séchée autour, la même que celle de Richard avec les prénoms à l'intérieur.

Un chien policier aboie en direction d'une ravine. Une quinzaine de mètres plus bas gît le cadavre humain à moitié décomposé. Une partie de son crâne n'est qu'un trou béant. Une odeur putride monte jusqu'à eux. Terrible spectacle pour la novice qui tente de masquer son émotion… Camille ne parvient pas à retenir un haut-le-cœur et s'éloigne plus loin pour vomir.

Dans la salle de bains, torse nu, Richard décide de se faire une « chasse au dragon », expression employée par les toxicos. Il a mis un peu de poudre dans un papier d'aluminium et commence à la faire fondre avec une bougie: le but est d'en faire une goutte qui grésille et d'aspirer la fumée avec une paille. On voit encore les points de suture de l'entaille qu'il s'est faite plus tôt pour introduire son alliance. Au moment où il s'apprête à snifer sa fumée, des coups retentissent à la porte en bas.

— Et merde !

Il n'a pas le temps de prendre sa dose qu'on frappe de nouveau avec insistance.

Il descend et ouvre la porte d'entrée. Deux

gendarmes en uniformes le saluent.

— Monsieur Richard Butel ?

— C'est moi, oui. Qu'est-ce qui se passe ?

— Veuillez nous suivre, s'il vous plaît.

— D'accord mais dites-moi au moins de quoi il s'agit ?

— Veuillez nous suivre, monsieur.

— Mais enfin j'ai quand même le droit de savoir pourquoi !

— Ne nous obligez pas à employer la force, monsieur, dit l'un des gendarmes en sortant une paire de menottes.

— Non mais c'est dingue, c'est quoi ces méthodes ! On croirait la Gestapo. Je viendrai si je veux ! C'est clair ?

Richard patiente, les mains tenues dans le dos par des menottes. Axelle Vander et son assistante pénètrent dans le bureau.

— Je suis Axelle Vander, de la police Criminelle, et voici mon assistante, la lieutenante Camille Lemay. On nous a confié l'enquête concernant la disparition de votre femme. On aurait quelques questions à vous poser.

Elles semblent attendre une réaction de sa part, mais en vain. Richard ne cille pas.

D'un petit plissement du front, Axelle fait signe à sa lieutenante de lui ôter les menottes. Elle demande des comptes sur la façon dont il a été appréhendé par les gendarmes. Un probable excès de zèle par des bleus frustrés de ne jamais être sur de grandes affaires. Réponse de ces derniers :

— L'individu s'est montré récalcitrant pendant l'interpellation.

— Il a commencé à être violent. Nous nous sommes retrouvés dans l'obligation d'employer la force capitaine !

Mal à l'aise, la lieutenante, qui a remarqué le front couvert de sueur de Richard et la manière qu'il a de se gratter les cuisses et les avant-bras, coule un regard entendu vers sa supérieure. Quiconque a eu un jour à faire à des toxicos sait ce que ça veut dire.

— Monsieur Butel, depuis combien de temps votre femme a-t-elle disparu ?

Silence.

— Vous avez entendu la question ? réitère la jeune Camille Lemay. Depuis combien de temps votre femme a-t-elle disparu ?

— Leslie ne peut pas disparaître, dit-il en relevant la tête, les yeux perdus vers la fenêtre. Elle et moi, on appartient au futur.

Les deux enquêtrices se concertent à nouveau du regard, dubitatives…

— Selon nos renseignements, reprend Vander sans se départir de son calme, vous n'avez pas signalé sa disparition à la gendarmerie. On peut savoir pourquoi ?

— Leslie est juste absente pour un moment…

Déconcertée, Vander se masse le haut du nez en réfléchissant.

— Donc dans ce cas, vous savez où elle se trouve ?

Silence.

— Chez des amis… des parents ?

Le regard de Richard devient vide… Le chuintement revient envahir son cerveau…

Axelle Vander fronce les sourcils, intriguée par cet homme si étrange en face d'elle.

— Je crains ne pas avoir bien saisi. Si votre femme est allée chez des amis, vous pouvez donc nous donner leurs noms et adresses… ?

Richard n'en peut plus. Il s'essuie le front d'un revers de manche.

— Un problème ? Vous ne vous sentez pas bien ? s'inquiète la jeune stagiaire.

Silence.

Vander sort une pochette plastique de son bureau, elle contient une alliance en or.

— Est-ce que ça vous dit quelque chose ?

Richard se met à trembler.

Elle pousse l'alliance vers lui.

— Comme vous pouvez le voir, il y a vos prénoms inscrits à l'intérieur.

Richard ne prend pas la peine de la saisir pour vérifier.

— On l'a retrouvée à quelques mètres de son cadavre en bas de la falaise du Sabot-de-Vénus. La mémoire vous revient ?

L'interrogatoire dure encore un bon moment et Richard, pris de tremblements, s'écroule au sol, secoué de spasmes.

— Appelle le SAMU, vite ! ordonne Vander à sa lieutenante. Il est en manque !

Marco, l'ami de Bertille, est assis devant son ordinateur. Bertille range ses photos d'art dans la pièce à côté.

— Bertille ! Viens voir. Il y a un message de ton père.

Pas de réponse, Bertille ne cille pas.

— Bertille, putain ! C'est ton père quand même, vous faites chier tous les deux !

Marco a tout juste une trentaine d'années. Il travaille à Pau comme jardinier aux espaces verts de la cité d'Henri IV qui compte de nombreux parcs et jardins. Il vit avec Bertille depuis deux ans. C'est un garçon simple et clair sur qui on peut compter. Selon les dires de sa mère Anne, depuis que Bertille est avec lui, elle est beaucoup mieux dans sa peau.

Perquisition chez les Butel. Axelle Vander et Camille Lemay inspectent la maison avec une équipe de gendarmes. Des tampons de coton imprégnés de sang trouvés dans la poubelle sont prélevés et mis dans des sachets plastiques en vue d'une analyse ADN. Idem avec l'aiguille recourbée, celle qui a servi à faire des points de suture. À l'aide d'une pince à épiler, quelques poils sont récupérés sur le tapis du salon.

Un autre gendarme découvre le fusil de Richard, un deux coups de la manufacture stéphanoise qui date d'une époque où le port d'arme n'était pas obligatoire. Il le met sous scellés pour l'envoyer à la balistique, ainsi que la boîte de cartouches trouvée dans une armoire.

Dans la salle de bains à double lavabo, Vander prélève le papier d'aluminium qui a servi à la fameuse chasse au dragon interrompue par les deux gendarmes. Elle prélève également les cheveux accrochés à la brosse à cheveux. Il y a deux brosses, une avec des cheveux de Richard et une autre avec des cheveux plus longs, ceux de Leslie, blonds vénitiens. Dans l'armoire elle remarque tout le matériel pour se shooter, seringue, aiguilles, etc.

Camille Lemay consulte les feuilles qui sont dans le bac de l'imprimante. Elle fait signe à Vander d'approcher et lui tend le paquet dont la page titre est: *Instants sauvages*, avec dessus l'esquisse au crayon que Richard avait faite de la louve.

Dans la cour, deux gendarmes avisent la Clio de Leslie. L'un d'eux fait remarquer à Camille que les clefs de contact sont restées dessus. Elle ouvre la voiture, inspecte la boîte à gants, le dessous des sièges et le coffre. Rien à signaler. Elle tourne la clef de contact, les voyants du tableau de bord s'allument. Elle découvre alors que la jauge à essence est au plus bas et mémorise le détail à haute voix sur son portable.

Comme à chacune de ses investigations, Axelle Vander prend un moment pour être seule. Elle s'assied et observe les lieux, mais surtout c'est dans le silence qu'elle s'imprègne de l'énergie qui y règne. Certains y voient une démarche mystique. Elle ne rejette aucun qualificatif mais elle a besoin de ce moment pour discerner le profil du présumé coupable.

Richard a été transporté à l'hôpital dans le service du professeur Dampierre. Très vite celui-ci a diagnostiqué un état de manque.

Sur son lit, il est fiévreux. Il palpe son torse et sent un pansement à l'endroit où il a introduit son alliance.

Il a besoin de fraîcheur. Il se lève, ouvre la fenêtre pour respirer un peu d'air frais. Des convalescents se promènent dans le parc de l'hôpital.

Au loin, les montagnes se dessinent comme pour l'inviter à revenir.

Il est soudain assailli par les bruits de la forêt, le hurlement des loups, le cri des oiseaux, le vent dans les arbres…

Puis tous ces bruits s'estompent. Il s'écroule à nouveau avant de regagner son lit. Épuisé.

La lieutenante Lemay arrive dans le bureau d'Axelle Vander avec un téléphone.

— Il y a plusieurs messages, écoute.

Elle lui tend l'appareil.

— Anne... ? demande Vander. C'est bien l'ex-femme de Richard Butel... ?

— Oui. Anne Lagorce. C'est celle dont nous a parlé madame Taylor. On la convoque pour la cuisiner ?

Vander acquiesce avec un léger sourire sous cape. Sa Bambi la fait rire quand elle emploie des expressions stéréotypées qui ne vont pas avec elle.

Dans un bureau de l'hôpital, Vander et Lemay s'entretiennent avec le professeur Antoine Dampierre.

— L'interroger ? Pas question, il est bien trop faible.

— On peut savoir ce qui lui est arrivé à la nuque, professeur ? demande Vander.

— Il a subi un coup, ça paraît évident. En tout cas, ce n'est pas pour cette raison que je le garde.

— Pourquoi alors ?

— Non seulement il est sujet à des crises semblables à de l'épilepsie, mais il portait aussi des points de suture sur la poitrine... Comme la plaie était assez vilaine... j'ai ouvert... et j'ai trouvé ça...

Il prend dans un tiroir l'alliance de Richard dans une pochette en plastique et la tend à Axelle Vander. Elle sort l'anneau et l'inspecte.

— Il s'est rentré ça dans les chairs... ? grimace Bambi, impressionnée.

— Comme vous pouvez le voir, leurs prénoms sont gravés à l'intérieur.

Vander l'inspecte et passe l'alliance à sa lieutenante.

C'est la même que celle trouvée près du cadavre du Sabot-de-Vénus. Mais elles décident de ne pas en faire étalage devant le professeur pour le moment.

— En dehors de cette infection, il a contracté une maladie du sang. D'après nos analyses, il s'agirait d'une méningo-encéphalite.

— Quels sont les symptômes de cette maladie ? demande Vander.

— Cela dépend des patients. Mais en général, on note de la fièvre. D'autres sont atteints de nombreux troubles du cerveau.

— Quel genre ?

— Des vertiges, des problèmes de vue, une autre perception des sons et des images. Les patients victimes de ces troubles sont hyper sensibles aux ondes acoustiques. Pour ce qui est de notre patient, on peut imaginer certaines confusions mentales d'autant qu'il est héroïnomane, on a détecté des traces dans l'analyse de sang et dans ses urines.

— Effectivement, on a retrouvé de la came chez lui.

— Est-ce qu'il vous a parlé de sa femme… ? demande Lemay.

— Pas que je ne me souvienne. Mais je vous le répète, il est encore très faible. On lui a donné de la méthadone pour calmer son manque.

Un temps…

— Nous avons trouvé ça dans son ordinateur, l'informe Vander en sortant une clé USB de sa poche. J'en ai fait une copie.

Le professeur inspecte la clef et son titre : *Instants sauvages*.

— Qu'est-ce que c'est ?

Axelle laisse la parole à Camille.

— Une sorte de journal sous une forme plus ou moins romancée. Il fait un rapprochement entre la forme primitive de la femme et le loup. Enfin, quelque chose dans ce genre, j'avoue ne pas avoir tout saisi. C'est un peu trop tordu et intello pour moi.

— Il prétend aussi posséder un don, reprend Axelle. Celui de lire dans le cerveau des animaux.

Dampierre fronce les sourcils, surpris.

— Il parvient à rentrer dans leurs têtes. Il voit comme eux, pense comme eux. Il arrive même à pénétrer dans leur mémoire.

— Voilà qui n'est pas spécialement original pour un toxicomane.

— En tout cas, merci pour l'alliance, professeur.

Depuis le début de ses investigations, Axelle Vander se confie à sa compagne, Florence Colombani, le soir en rentrant du travail. Cette enquête, elle ne la sent pas car plusieurs éléments lui échappent. De par son expérience en psychologie, Florence lui prête une oreille attentive. Elle lui demande à visionner l'interrogatoire avec Richard qui a été filmé. Elle veut aussi prendre connaissance de ce fameux journal intitulé *Instants sauvages*.

Un gendarme en uniforme conduit Anne jusqu'au local de Vander et la fait entrer. Camille Lemay lui propose une chaise. Vander met en route la caméra vidéo pour enregistrer l'entrevue.

— Excusez le dérangement mais nous avons

quelques questions à vous poser.

— Si c'est au sujet de ma déclaration d'impôts, ça ne concerne pas la Criminelle, il me semble.

— En effet. Vos histoires avec le fisc ne nous intéressent pas ! C'est à propos de monsieur Richard Butel, précise Vander. C'est bien votre ex-mari ?

— On peut dire ça comme ça.

Bertille est devant son ordinateur, elle se décide à ouvrir le mail de son père intitulé : *Bien à toi, ma fille*. C'est un très long message de plusieurs pages et qui contient également un fichier joint.

Madame Taylor insiste auprès des deux enquêtrices pour voir le corps de sa fille.

— Madame Taylor, la prévient Vander, comme je vous l'ai dit, nous avons retrouvé un corps au fond d'un ravin et, comment dire… une partie de ce corps a été déchiquetée par les bêtes sauvages. Il est difficile pour le moment d'établir une identification. D'autant que le médecin légiste n'a pas terminé l'autopsie.

— Moi je saurai la reconnaître, dit-elle avec autorité. Je connais des détails qui ne trompent pas.

— Lesquels ? demande Camille.

— D'abord, son alliance. Et puis elle porte un petit tatouage sur sa cheville droite. Une inscription chinoise.

Embarrassées, Vander et Lemay se concertent du regard. Après tout, c'est à ses risques et périls. La capitaine est contrainte d'accepter de la conduire à la morgue.

Elles arrivent dans la pièce entièrement carrelée

dans laquelle il règne une atmosphère glaciale. Le pli sur son front indique l'état de stress dans lequel est Madeleine Taylor. Ils sont reçus par la légiste Anna Philipovsky, originaire du Caucase. Ses aïeux, les Kalmouks, ont été victimes des déportations sous l'ère de Staline. Avare de sourires, Anna est tout aussi glaciale et rigide que ses cadavres. Seule note de fantaisie, une teinture de cheveux pourpre qui lui vaut son ironique surnom : la Reddish Comic.

— Impossible de voir le corps, je n'ai pas fini l'autopsie.

Axelle insiste :

— C'est à moi d'en décider, Anna.

Au bout d'un moment, la légiste psychorigide finit par obtempérer.

— Quel numéro ? demande-t-elle.

— Leslie Butel.

— Quel numéro ? réitère la légiste, fermement.

— Numéro 3, répond Vander, exaspérée.

Madeleine Taylor accuse le coup. Sa fille n'est plus qu'un numéro !

La légiste s'exécute. Elle tire le tiroir et met le corps sur une table roulante qu'elle place au milieu de la salle sous les néons. La capitaine tend un tampon d'essence de menthe à madame Taylor pour éviter de sentir l'odeur nauséabonde du lieu.

— Ça ne servira pas à grand-chose, dit la légiste, fataliste et peu encline à la compassion.

La capitaine lui fait signe de se modérer, puis d'un nouveau coup de menton lui intime l'ordre d'ôter le drap. Le corps du cadavre apparaît, nu et d'une couleur verdâtre. Il lui manque la peau du visage et son crâne est à vif, sans cheveux ni cuir chevelu.

— Comme vous pouvez le constater le crâne a été défoncé. Les corbeaux ont mangé les yeux et la cervelle. C'est ce qu'ils prélèvent en premier car c'est plus mou et plus facile à atteindre.

— Comment vous savez que ce sont des corbeaux ? demande Camille.

— J'ai retrouvé une plume noire accrochée dans les tissus.

— Ce n'est pas une preuve. Ça peut être une corneille, avance Camille spontanément sans intention de polémiquer.

La légiste marque un temps d'arrêt… mais ne relève pas et continue son commentaire :

— Je disais donc que le crâne a été défoncé par une décharge de fusil. Pour moi, le coup a été tiré à faible distance pour faire un si gros trou. J'ai retrouvé plusieurs plombs de chevrotine. Neuf au total. Donc vu les dégâts causés par les projectiles, je ne peux pas vous donner la couleur des yeux.

— Ils étaient gris vert, comme les miens, précise madame Taylor, à moitié absente. Le regard perdu.

— Il lui manque aussi la partie inférieure de la jambe droite, celle sur laquelle elle est censée porter un tatouage. Donc méconnaissable à première vue. Le corps est bleui par endroits, probablement les impacts de la chute dans les rochers.

— Et les cheveux ? Ma fille avait des cheveux magnifiques.

— Je n'en ai retrouvé aucune trace. Ce sont peut-être des animaux qui s'en sont servis pour garnir leurs nids ou leurs tanières.

Cette vision est insupportable mais madame Taylor tente de rester impassible. Enfin, elle essaie…

Un long silence s'installe. L'atmosphère est lourde en émotion.

— Et ses vêtements ? demande madeleine Taylor.

— Elle n'en portait pas. Quand on a retrouvé son corps, elle était entièrement nue, précise Vander.

— J'ai lavé le corps pour enlever une grande partie des larves de diptères Calliphoridae, reprend la légiste, et les analyser. Il y avait des adultes, donc on peut dire que la mort remonte à deux ou trois semaines. Je ne peux pas être plus précise pour le moment. Comme je vous l'ai dit, l'autopsie n'est pas terminée, dit-elle avec une pointe de reproche.

— Auriez-vous trouvé une alliance à l'annulaire de sa main gauche ? Avec leurs deux prénoms inscrits à l'intérieur ? demande alors Madeleine Taylor.

— Non. Rien trouvé. Aucun bijou.

— Elle aurait pu tomber lors du transport ou pendant le lavage ? suggère Axelle, suspicieuse.

— C'est peu probable ! fait-elle d'un ton péremptoire. Le cadavre n'avait plus aucun doigt en arrivant ici. Si les vautours ont festoyé avec les viscères, les blaireaux ont broyé et emporté les mains et les doigts de pieds. J'ai relevé des poils de renard, peut-être un chien ou bien un loup et d'autres plus longs. J'attends les résultats de l'ADN mais ça va prendre plus de temps que prévu, il y a un problème technique au labo. Comme vous pouvez le voir, une bête a emporté un tibia entier, probablement un ours. Autre détail, dans les chairs j'ai constaté qu'elle avait un piercing au nombril. Votre fille portait un piercing ? demande-t-elle en se tournant vers Madeleine.

— Je… je ne sais pas.

— Je comprends. Il paraît que la plupart du temps,

les filles ne disent pas tout à leur mère, même quand elles sont adultes. De toute manière il n'a aucune valeur. C'est un métal quelconque et…

Elle s'interrompt. Madame Taylor, qui pensait ne pas sombrer dans la douleur, tourne les talons et préfère quitter les lieux. Elle est suivie par Camille qui passe aussi par les toilettes pour vomir son taboulé bio.

Axelle prend Anna en aparté pour la sermonner.

— Vous pourriez y mettre les formes, Anna. C'est la mère de la défunte, tout de même.

— Je n'aurais pas dû dire la vérité, capitaine ?

— Ce n'est pas ce que je vous reproche. Ce que je vous reproche c'est de manquer de compassion.

— Est-ce que j'ai dit des choses qui peuvent nuire à l'enquête, capitaine ?

— Ce n'est pas ça mais…

— Alors dans ce cas je ne vois pas quel est le problème. Et en plus, je vous avais prévenue, capitaine : l'autopsie n'est pas terminée. C'est vous qui avez insisté. Je vous recontacterai quand j'aurai terminé mon rapport, capitaine. Merci de ne plus venir me déranger dans mon travail.

Là-dessus, elle recouvre le corps, tourne les talons brusquement et va replacer le cadavre dans la chambre froide.

Vander soupire. Ce n'est pas la première fois qu'elle essaie de lui expliquer le discernement, mais la légiste, atteinte du syndrome d'Asperger, n'a pas l'air de percuter. Elle fait son travail sans état d'âme. Aucun sentiment ne semble l'atteindre. Mauvaise compréhension des motivations sociales et des émotions. Aucune empathie envers le ressenti des autres. Elle est autiste et vit seule. Sa seule passion est l'autopsie des cadavres.

D'ailleurs, elle ne les nomme que par des numéros et jamais par leurs noms de baptême.

— Ah j'oubliais, reprend-elle avant que Vander ne sorte.

— J'ai noté une marque sur la cheville droite. Comme un fer.

— Un fer ?

— Oui, comme si elle portait quelque chose de très serré en métal.

— Un bracelet ?

— Plutôt une chaîne.

— OK. Et le piercing, vous en avez fait quoi ?

— Il est là, fait la légiste en ouvrant un tiroir et montrant l'objet dans une écuelle en inox.

— Rien d'autre ?

— Non, rien d'autre, fait-elle, le regard fuyant.

Il n'en faut pas davantage pour éveiller des soupçons.

Dans les toilettes, Camille retrouve Madeleine devant les lavabos, qui tente de dissimuler ses yeux rougis.

— Vous savez, il ne faut pas avoir honte de pleurer, madame Taylor. C'est normal.

Madeleine aurait pu s'en défendre d'une manière agressive, comme à son habitude, mais là, elle lâche prise devant la jeune fliquette. C'est l'effet Bambi. La misère elle-même a honte d'exister devant sa candeur.

— J'ai déjà perdu mon mari. Et maintenant je perds ma fille, il ne me reste plus rien. À part de l'argent… Mais l'argent…

Bienveillante, Camille lui tend un autre mouchoir.

Quelques minutes plus tard, Axelle se rend discrètement dans le vestiaire de la morgue avec le jeune Arthur Flaven. Elle lui demande d'ouvrir le cadenas de l'armoire métallique, là où la Reddisch Comic range ses vêtements. Arthur met quelques minutes pour maîtriser le mécanisme. Axelle sait ce qu'elle cherche, elle ouvre directement le sac à main et trouve un magnifique bracelet ethnique du Yémen en argent dans une pochette en tissu.

Retour au bureau. Axelle accède aux pièces à conviction et sort une pochette dans laquelle se trouve l'alliance trouvée près du cadavre du Sabot-de-Vénus. Elle la tend à madame Taylor.

— C'est bien celle-ci ?

Madeleine acquiesce.

— Pourquoi avez-vous posé la question à la légiste si vous le saviez ?

— C'est une affaire entre elle et moi.

Vander n'en dit pas plus, mais elle a désormais la certitude que la Reddish Comic est cleptomane. Surtout avec les bijoux de valeur.

Elle lui montre également le bracelet du Yémen récupéré dans le sac de la légiste. Madame Taylor le reconnaît tout de suite.

— Bien sûr que je le reconnais, c'est un authentique objet tribal, je l'ai payé une fortune lors d'un voyage au Yémen. Je l'ai offert à Leslie pour ses 24 ans. Merci de me les rendre.

— Désolée. Nous vous rendrons ces effets plus tard, nous en avons encore besoin pour l'enquête.

— L'enquête ? Mais les choses me paraissent claires, c'est lui qui l'a tuée. C'est évident ! Qu'est-ce que vous attendez pour le faire enfermer ?

— Pour le moment il est présumé innocent, madame Taylor.

— C'est un monstre.

— Madame Taylor, lors de la perquisition qu'on a faite chez votre fille, on a trouvé plusieurs boîtes d'anti-dépresseurs. Leslie traversait-elle une période difficile ?

— Qu'est-ce que vous voulez me faire dire ? Qu'elle s'est suicidée ? Je vous dis que c'est impossible. Ma fille aimait trop la vie, jamais elle n'aurait fait une chose pareille. À vous entendre, on dirait que vous cherchez des excuses à son salaud de mari. Il l'a tuée. Le reste, c'est des foutaises.

— On essaie de comprendre, madame Taylor. C'est tout.

— Il n'y a rien d'autre à comprendre. Butel s'est rabiboché avec son ex-femme et ils se sont débarrassés de ma fille pour profiter de l'argent.

— Quel argent ? demande Lemay.

— Avant de mourir, mon mari a légué une très grosse partie de ses biens à Leslie. Et ils ont un compte commun, si vous voyez ce que je veux dire. Je les ai vus ces deux ordures.

— De qui parlez-vous ?

— Ce Richard avec son ex ! Anne Lagorce. Ils s'en donnaient à cœur joie, croyez-moi.

Les deux enquêtrices se concertent du coin de l'œil.

Est-ce que trouver un responsable pourra apaiser sa peine ? se demande bien Camille.

Une fois madame Taylor sortie, Axelle réunit les deux alliances devant elle et reste pensive un long moment en les observant. Elle restituera le bracelet yéménite à madame Taylor puisque c'était un cadeau, mais les deux alliances reviendront à Richard.

Les rapports de Madeleine Taylor et Richard ont toujours été à couteaux tirés. Un jour, entourée de journalistes, elle assiste à une signature de livres dans une librairie de la région. À cette époque, elle était encore députée de la région. Un des journalistes fait l'éloge de son gendre, l'écrivain Richard Butel, ils arrivent devant son stand où il dédicace son dernier bouquin : Sortie autorisée.

L'histoire d'une gamine blessée par erreur par un flic. La balle a perforé son unique rein, il lui faut une greffe dans les plus brefs délais, et, la seule personne qui est compatible avec la petite, c'est son frère. Le problème, c'est qu'il est en taule. Le Commandant du SRPJ obtient la sortie du détenu le temps de l'opération, mais celui-ci, sans trop d'états d'âme pour sa jeune sœur, profite de l'occasion pour s'échapper. S'ensuit une longue cavale à travers la ville.

Un journaliste suggère que madame la députée se fasse dédicacer un bouquin devant les caméras, ça n'enchante guère Madeleine vu la haine viscérale qu'elle nourrit envers lui, mais elle plie…

Au moment de signer, Richard se désiste…

— Désolé, madame la députée, mais j'ai une crampe au poignet.

Il quitte la table à dédicaces et sort sous l'œil des caméras. Madeleine est folle de rage.

— Je compte sur vous pour couper ça au montage ! peste-t-elle envers les journalistes.

La nuit enveloppe la forêt. On entend le hurlement des loups qui résonne au loin.

Axelle Vander se rend au sous-sol de la gendarmerie, au service informatique, avec Camille. Elle s'adresse au jeune Arthur Flaven, beau gosse. Spécialiste de la fraude informatique et autres méfaits de la société moderne.

— Arthur, j'ai besoin de ta science. Est-ce qu'il est possible de retrouver des messages effacés sur un portable ?

— Ce n'est pas évident.

— Je suis certaine que tu peux m'étonner.

— OK, je vais voir ce que je peux faire.

Vander lui tend le portable de Leslie.

Arthur échange un regard avec Camille, elle lui sourit. Lui, pareil. À les voir, ils ont déjà l'air de se promettre des kilomètres de vie en rose.

Quelques heures plus tard, Jacques Etchegaray, l'expert en balistique, apporte son rapport à Vander.

— J'ai analysé le fusil trouvé chez Richard Butel, explique-t-il avec son accent basco-béarnais. Il y a des traces de poudre récentes dans le canon droit. Le canon gauche n'a pas du tout été utilisé, il est endommagé, il manque le percuteur. C'est une antiquité.

— On peut savoir quel genre de cartouches a été utilisé ?

— Non, il y a des rayures sur la chambre mais impossible de déterminer la taille des plombs. Cela dit, dans les boîtes de cartouches qui accompagnaient l'arme, il n'y avait que du petit plomb. Ce qu'on appelle de la grenaille pour petit gibier.

— Pas de chevrotine ?

— Pas à ma connaissance.

— Merci, Jacques.

À Chante Perdrix, la vie sauvage continue. Depuis un moment, un geai ne cesse de passer de branche en branche dans un chêne. Il semble préoccupé mais en réalité, c'est une feinte. Carrousel d'une mort annoncée. Il surveille du coin de l'œil un couple de fauvettes à tête noire qui niche dans un buisson d'aubépines. Les petits du couple ont de plus en plus besoin de protéines, ce qui oblige les parents à quitter le nid plus longtemps pour traquer les insectes. C'est exactement le moment qu'attend le geai pour se faufiler dans le buisson d'aubépines. Il parvient jusqu'au nid. Sentant la construction bouger, les oisillons encore nus et aveugles tendent le cou, bouches grandes ouvertes. Il les engloutit les uns après les autres.

Anne se rend à l'hôpital, elle pénètre dans la chambre et s'approche du lit de Richard.

— Je ne te dis pas les négociations qu'il a fallu faire pour avoir le droit de t'approcher. Comment tu te sens… ?

— Moyen…

Elle s'assied à côté de lui.

— Richard, c'est quoi cette histoire de louve ?

— Je veux sortir d'ici, Anne… Il faut que je la retrouve… elle a besoin de moi.

— Richard, si tu veux sortir d'ici il faut que t'arrêtes tes conneries !

Elle lui prend la main.

— Dis-moi la vérité, Richard. Qu'est-ce qui est arrivé… ? T'étais défoncé ?

— Mais je dis la vérité ! Leslie est partie pour que je comprenne… et j'ai compris. Je n'ai pas su l'aimer. Maintenant il faut que je sois présent à ses côtés. Je dois la protéger tout au long de sa grossesse, tu comprends ?

Anne soupire.

— Richard, tu déraillles complètement. Les flics pensent que tu as tué Leslie ! Tu te rends compte ?

Il reste sur sa pensée, sans prêter d'intérêt à cette mise en garde.

— On est heureux elle et moi maintenant, tu sais ? On recommence une nouvelle vie.

— Je ne sais pas ce qui s'est passé exactement, Richard, mais tu ne peux pas rester comme ça dans le déni.

— Dès que je serai rétabli, je retournerai dans la forêt et je…

Il s'arrête brusquement.

Le chuintement revient et envahit son cerveau.

— Qu'est-ce qui se passe ?

— C'est rien, juste un peu mal à la tête.

Anne le scrute du regard, inquiète…

— La mère de Leslie te charge comme pas possible. Rien ne joue en ta faveur.

— Anne, écoute-moi bien. Dans mon ordinateur… il y a un fichier qui s'appelle *Instants sauvages*… Je voudrais que tu le lises… et que tu le donnes à Bertille. Maintenant je t'en supplie, laisse-moi… Il faut que je sois seul. Je perçois trop d'ondes…

— Des ondes ? Quel genre d'ondes… ? Mais qu'est-ce que tu racontes ? Tu refais des crises d'épilepsie, c'est ça ?

— Non, c'est autre chose.

— Autre chose, ça veut dire quoi ?

— J'entends les gens parler à travers les murs.

— Putain, tu fais chier, Richard ! C'est quoi ces conneries ? T'es en train de foutre ta vie en l'air et la nôtre en même temps !

Camille est devant son bureau encombré de dossiers en train de manger une barquette de quinoa bio dont l'étiquette certifie que cette céréale a été cultivée dans le respect de l'environnement. Vander passe dans le couloir et s'arrête.

— Tu ne viens pas manger avec nous ?

— Non merci, ça va, je suis bien ici. Pas de soucis.

Trois minutes plus tard, Camille descend au service informatique pour retrouver le bel Arthur. Ils approfondissent chaque jour l'exploration de leurs sentiments.

Souvent Leslie disparaissait sans que l'on sache pourquoi. Un jour, elle est entrée dans une poissonnerie pour acheter tous les homards de l'aquarium. Elle est partie dans la nuit pour les relâcher dans l'océan. Au matin, Richard lui a demandé où elle était passée. Elle a eu un de ces petits sourires de gamine prise en faute auxquels aucun homme ne peut résister. Leslie a toujours gardé son cœur d'enfant. Et depuis son départ, Richard lui, a le cœur en veilleuse.

Une infirmière vient changer la perfusion de Richard.

— Ça va, monsieur Butel ?

Pas de réponse. Richard a le regard fixe. Elle lui palpe le front…

— Mon Dieu mais vous êtes glacé !

Florence Colombani est dans le bureau d'Axelle et Camille, les yeux rivés sur l'ordinateur. Elles sont en train de visionner l'interrogatoire de Richard lors de sa première interpellation.

— Alors, tu en penses quoi ? demande Axelle.

— Écoute, j'ai observé toutes ses attitudes pendant que tu le questionnais. Sa gestuelle est assez révélatrice.

— C'est-à-dire ?

— Pour moi, il ne ment pas. Regardez !

Elle laisse défiler la bande et fait plusieurs arrêts sur image.

— Là, par exemple, vous pouvez remarquer qu'il n'a aucune expression faciale qui apparaît sur son visage, ne serait-ce qu'une seconde.

— Et… ?

— Eh bien, quand quelqu'un ment, en général, il y a une émotion de détresse qui se caractérise souvent par un mouvement des sourcils qui se plissent vers le haut. Or, votre suspect n'a jamais eu ce type d'expression pendant tout l'interrogatoire.

— C'est valable à chaque fois ? interroge Camille, très intéressée.

— Presque.

Puis elle s'adresse directement à la jeune lieutenante :

— Deuxièmement, regarde bien ses yeux, Camille. Comme tu le sais, notre cerveau est divisé en deux hémisphères. Le gauche correspond à la logique et à l'analyse, et le droit à l'imagination, l'intuition, le rêve. Souvent l'homme qui ment va d'abord avoir un temps d'arrêt, puis, ses yeux vont se tourner vers la droite comme pour chercher dans son imaginaire une réponse à ta question.

— C'est furtif en effet, remarque Camille, mais il était défoncé à l'héroïne.

— Je sais, mais ça n'a rien à voir. Quand les droitiers – et j'ai noté que c'était le cas de votre suspect – maquillent quelque chose, leurs yeux se déplacent souvent à droite.

— Conclusion ? poursuit Axelle.

— Pour moi cet homme reste dans une logique rigoureuse. Il répond à vos questions sans réfléchir un seul instant. Un menteur va tenter d'assurer sa défense, s'inventer un alibi ou autre. Là, Richard Butel n'a aucun moment d'hésitation, il dit la vérité.

— Et tu mets de côté tout le côté toxicomane ?

— Ce sont deux choses différentes. Je peux me tromper, mais j'en suis à peu près sûre.

— Je vais te passer le journal qu'il écrit sur sa femme, j'aimerais bien avoir ton avis.

Axelle et Camille sont ravies de cette collaboration avec Florence. Et Camille adore quand les deux femmes l'appellent Bambi, voilà qui la place au centre de leur intimité, comme si elle était leur nièce.

Richard est en réanimation. On lui donne de l'oxygène.

— Vous m'entendez ! intervient le professeur Dampierre. Répondez, monsieur Butel ! Vous m'entendez ? Sa tension ?

— Toujours en hypo, répond une infirmière. 8/5.

Dampierre surveille son cœur sur l'électrocardiogramme où le graphique semble rester stationnaire…

Richard a le regard figé au plafond. Il n'est ni mort ni vivant. Tous les sons autour de lui deviennent ouatés. Il voit bien le va-et-vient des infirmiers autour de lui, mais parvient à rester étranger à toute cette agitation.

Quelque part en forêt. Soudain, un grognement. Le plantigrade s'immobilise, museau au vent. Derrière, les deux oursons font de même, un seul grondement de la mère a suffi pour qu'ils comprennent qu'il y a danger. L'ourse se dresse sur ses pattes arrière pour mieux prendre le vent. Ce qu'elle redoutait est bien là, à trois cents mètres environ. Un énorme mâle qui s'avance vers eux. L'ourse mesure le danger. Elle sait que pour la couvrir, il va tuer les oursons afin qu'elle retombe en chaleur. Elle se replie au plus vite avec ses petits et disparaît dans la frondaison. Ensuite elle remonte un cours d'eau en marchant bien au milieu pour éviter de laisser son odeur et le semer.

Anne et Bertille sont au fond d'une salle de bistrot. Anne sort une grosse enveloppe de son sac et la lui remet.

— Il faut que tu lises ça.

— Qu'est-ce que c'est ? Je te préviens, si ça vient de papa, j'en veux pas.

Anne insiste gentiment. Bertille ouvre l'enveloppe, à l'intérieur le manuscrit *Instants sauvages* dont la page titre est agrémentée de l'esquisse de la louve faite par Richard au fusain.

— Lis-le. C'est très important.

Moue sceptique de Bertille.

— Je ne suis pas certaine que ce métier me plaise confie Bambi à Axelle. J'ai passé les concours pour faire plaisir à mon père, mais je ne pense pas faire une carrière dans ce boulot.

Depuis sa première rencontre avec elle, Axelle est attendrie par cette jeune fille. Elle a 24 ans et encore tout à apprendre. Bien qu'elle pense que l'ennui avec l'expérience, c'est qu'il n'y a plus de première fois.

Camille lui demande pourquoi elle l'a choisie, elle.

— Le commandant Gérard Carré m'a présenté trois dossiers, j'ai choisi le tien.

— Parce que je suis une femme et que tu es homosexuelle ?

La réplique décroche un sourire à Vander.

— Le militantisme n'a jamais été mon truc.

— Pourquoi alors ?

— Question de feeling, Bambi. Ça ne s'explique pas. J'aime bien ce que tu es.

Camille est touchée en plein cœur mais tente de ne pas trop le montrer.

— Capitaine, j'ai pensé à une chose. Tu vas me trouver idiote, mais qui s'occupe des poules des Butel pendant qu'il est absent ?

— C'est une bonne question. J'avoue que je n'y ai pas pensé une seconde. Pourquoi tu me demandes ça ? Tu veux t'en occuper ?

— J'aimerais bien. Enfin, pour dire la vérité, j'y suis déjà allée deux fois.

Touchée par la candeur de la jeune végane, Vander ne peut réprimer une petite moue amusée. C'est aussi pour ça qu'elle l'a choisie parmi les autres dossiers. Ce n'est pas la qualité première d'un policier ni sa vocation de se préoccuper des animaux, mais avoir une certaine empathie qu'ils soient humains ou autres, est une qualité indéniable.

Cela dit, le commandant Gérard Carré a parié la selle de son cheval à Axelle que Camille ne deviendrait jamais flic.

L'avenir le dira…

Bertille est en train de lire le journal de son père : *Instants sauvages*. Elle est absorbée par sa lecture…

Ce fut une rencontre magnifique et très étrange. Le cerf s'est immobilisé. Il ne m'a pas vu ni senti car je m'étais placé en vent contraire. J'ai compris qu'il avait soif car dans son image souvenir, il cherchait un ruisseau pour se désaltérer. Toute sa vision était dans des tons de vert car les cerfs ne voient pas la couleur rouge. Je l'ai alors suivi discrètement pendant une bonne demi-heure. Il a retrouvé l'endroit exact du ruisseau qu'il avait en mémoire. Je n'en croyais pas mes yeux. C'était un moment magique et je le dois à Leslie, c'est elle qui m'a tout appris…

Bertille relève pensivement la tête de sa lecture… réprimant difficilement les sentiments qui la traversent.

La nuit est tombée sur l'hôpital. Affublé d'un large pyjama, Richard est couché en chien de fusil par terre, au pied de son lit. Ses yeux sont rivés sur le ciel d'encre divisé en centimètres carrés par les mailles du grillage de la fenêtre sécurisée. Ici, même le ciel est compartimenté.

Florence arrive à l'appartement avec de quoi dîner chinois. Axelle l'attend dans le salon. Comme chaque soir, elle a disposé deux grands verres à pied, des bricoles à grignoter et une bouteille de chardonnay au frais dans un seau à glace. C'est leur moment de détente.

Florence a pris connaissance du journal écrit par Richard et une longue discussion s'ensuit. Axelle est très attentive à ses théories mais elle a du mal à y adhérer totalement.

— Mais Florence, ce type est écrivain, il a une imagination débordante. Tu as vu dans son journal ! Il délire complet.

— Certes, je te l'accorde, mais il ne ment pas, il est dans sa logique.

— Quelle logique ? Son histoire avec cette louve ? Ça ne tient pas debout.

— Pour toi, non. Pour lui, c'est tout à fait différent. Écoute. Il s'est créé un refuge.

— C'est-à-dire ?

— Sa femme a disparu. De quelle manière ? Je n'en sais rien. Ça, c'est ton boulot de flic qui le dira. Lui, il n'accepte pas cette disparition, quelle qu'elle soit. Il est dans un déni de réalité et se persuade qu'un *autrement* existe. C'est pour cette raison que je te dis qu'il ne ment pas. Il ne cherche pas à cacher quelque chose. Il vit cette chose comme une continuité à son mal.

— Son mal, c'est la drogue.

— Certes oui. Mais car ce mec souffre, il a le cœur broyé. Il ne fera pas son deuil pour une simple raison : il ne croit pas qu'elle ait pu le quitter. C'est pour lui une chose impossible à admettre.

— OK, j'entends bien. Mais de toi à moi, quand il prétend lire dans la tête des animaux, c'est de l'ordre du délire mental, non ?

— Écoute, je préfère ne pas trop m'avancer pour le moment sur ce sujet. Il faut que je relise plus attentivement son journal pour faire une analyse un peu plus fouillée.

— OK. Je comprends, enfin, disons que je peux admettre toutes tes théories sur son déni de réalité. Mais ma question est celle-ci : peut-il ressentir tout ça et avoir tout de même tué sa femme… ? Car n'oublie pas qu'il a des accès de violence. Il ne s'est pas fait virer de l'Éducation nationale pour rien.

Florence laisse un long moment passer avant de répondre.

— C'est bien une réaction de flic, ça ! Et je vais te faire plaisir : ma réponse est oui. Quelqu'un peut commettre un meurtre pour une raison ou une autre. Un coup de colère, une discussion qui tourne mal. Et le regretter ensuite. Bref, je ne vais pas te faire un cours sur les violences conjugales et les crimes passionnels. Ce qui importe dans un cas de figure comme celui-ci, c'est la suite. Comment s'arrange-t-il avec l'absence ? Car c'est bien de ça dont il souffre : l'absence et le sentiment d'abandon.

Elles restent un moment occupées à une longue réflexion. Puis Florence rompt le silence et propose à Axelle de tenter des séances d'hypnose avec Richard. Il n'est pas demandeur, certes, mais ça vaut la peine d'essayer.

Le lendemain, le commandant Gérard Carré frappe à la porte du bureau d'Axelle.

— Je viens enfin d'avoir les résultats de l'ADN concernant votre cadavre. Eh bien, le corps retrouvé au fond du ravin n'a rien à voir avec Leslie Butel. Les différents points de comparaison avec les cheveux que vous avez prélevés dans la salle de bains des Butel, ainsi que des poils pubiens trouvés dans le siphon de la baignoire, comparés avec les fragments d'os du cadavre et des échantillons de peau, ont révélé qu'il n'y avait aucun lien entre ces deux personnes. À noter également que les morceaux de chair qui étaient restés accrochés autour de l'alliance trouvée près de la falaise du Sabot-de-Vénus proviennent d'une autre personne.

— Vous êtes certain ? insiste Camille, candide.

Regard en coin, un brin ironique, du commandant.

— Vous pensez que le laboratoire scientifique de la police a pu se tromper, mademoiselle Lemay ? Rien ne vous empêche de demander une contre-expertise…

Camille pique un fard. Elle veut ajouter quelque chose pour justifier sa question mais rien ne sort…

— Je plaisantais, fait Carré pour la détendre. Ensuite, le rapport de la Reddish Comic mentionne avec l'exactitude qui la caractérise, les poils d'animaux trouvés sur le cadavre. C'est un vrai guide de la faune locale pour naturalistes : corneilles, vautours, renards, blaireaux, j'en passe et des meilleures. Autrement dit, sans vouloir être vulgaire mais en l'étant quand même, il n'y a que le métro qui n'est pas passé sur ce cadavre.

Bertille vient de terminer le journal de son père. Elle le referme et reste pensive. En la voyant ainsi très préoccupée, son copain Marco s'approche…

— Ça ne va pas ?

— Si, si…

Il n'est pas convaincu car elle ne parvient pas à réprimer une larme qui glisse sur sa joue.

— Je ne peux pas t'aider ?

Elle fait non de la tête. Il coule un regard vers le manuscrit *Instants sauvages*.

— Je peux lire ?

Elle opine, attrape un blouson suspendu.

— Je vais prendre l'air.

Bien qu'elle redoute la réaction du professeur Dampierre, Florence a proposé son assistance auprès du patient Butel. Elle est très étonnée qu'il accepte. Dampierre est un vieil opposant à l'homéopathie et autres médecines parallèles. Un conflit qui règne depuis des siècles. Autant de dogmes dont la médecine devrait se défaire. Il ne voit pas d'un très bon œil l'arrivée de toutes ces nouvelles médecines. Dampierre a fait partie de ces médecins qui ont soutenu des médicaments devenus populaires comme le Médiator... et rien de ce qu'en ont dit les médias ne pourra jamais le convaincre qu'il aurait pu avoir tort.

Néanmoins, Florence tente une première séance d'hypnose avec Richard. Force est de reconnaître que c'est un échec. Richard est récalcitrant. Fermé comme une huître.

Heureusement, il s'avère cependant que les jours

suivants, les séances se passent mieux, surtout quand elles ont lieu la nuit, a remarqué Florence. L'hôpital est plus silencieux. Sans doute que la méthadone qu'on lui donne pour soulager son manque l'apaise.

Sa voix calme, régulière et posée, incite à la relaxation, à l'introspection. Richard s'habitue à ce timbre féminin, et, de séance en séance, il lâche prise et laisse aller son inconscient. Parfois il décrit ce qu'il voit pendant plus de trente minutes. À force de patience, Florence parvient à démêler le désordre et la confusion qui règnent en lui. En relisant son journal *Instants Sauvages*, elle fait remarquer à Axelle que le transfert de Richard s'est accompli en plusieurs temps. Au début, il parle d'une louve, ensuite il écrit ELLE en majuscules, ce qui est déjà une première projection. Ce n'est que plus tard qu'il la désignera par son prénom. Leslie.

Au cours des autres séances, elle se rend compte que ce que Richard croit voir en lisant dans la tête des animaux, et notamment dans leur « image souvenir » n'est rien d'autre que ce qu'il voit lui, mais il transpose ses visions. Un cas significatif a mis Florence sur cette piste. La fameuse présence du milan royal. Le rapace est arrivé au même moment que la disparition de Leslie. C'est sans doute le fruit du hasard, mais Richard a focalisé sur lui : il représente une sorte d'*oiseau messager*. Ce sont les prémices de ce qu'il appellera plus tard ses *Instants sauvages*. Le début de son déni de réalité. Le fameux refuge dont parle Florence.

Néanmoins, pour l'hypnothérapeute, il est impératif de vérifier une de ses visions. Celle du jour où il a assisté à l'altercation du braconnier et d'une femme, probablement sa compagne, dans la maison forestière. La dispute a tourné au cauchemar. Richard est incapable de narrer le fait d'une manière linéaire tant c'était violent. Mais Florence parvient à rassembler certaines pièces du puzzle.

Quand il parle de la compagne du braco, il la nomme tout le temps « la femme chauve. » La scène qui lui revient de manière obsessionnelle est celle où elle sort nue de la maison forestière en courant. La vision est horrible car nue et le crâne rasé, elle évoque ces femmes collabos qui ont été lapidées à la Libération, parfois par des résistants de la dernière heure.

Elle hurle et titube, ils sont tous les deux sacrément éméchés. Le braco la poursuit, son fusil à la main. Il tire une première fois en l'air pour la sommer de s'arrêter. Elle continue de courir, se cache derrière un rocher, essoufflée. Terrifiée, elle pense qu'il a continué droit devant, mais en réalité, il arrive par-derrière et ricane. Elle s'échappe de nouveau, il lui tire en pleine tête, la décharge de chevrotines est si puissante qu'elle lui explose la moitié du crâne.

Il reste impassible, sans état d'âme devant le corps inerte et sanguinolent

Florence confiera plus tard à Axelle que les séances d'hypnose avec lui sont exceptionnellement riches en images comme c'est souvent le cas chez les artistes.

Elle se demande à propos du meurtre de la femme chauve, si cette transposition dans la tête des animaux n'est pas pour lui une manière de ne pas être un témoin réel de l'événement. Cette forme d'échappatoire lui permet de se soustraire à une réalité qu'il refuse. De s'innocenter, car il est incapable d'assumer un tel témoignage. Il voudrait bien chasser cette histoire de sa tête mais c'est comme vouloir jeter un boomerang pour s'en débarrasser, il vous revient à chaque fois en pleine poire. Ce meurtre l'a traumatisé car il est récurrent au fil des séances.

Axelle lance tout de suite des recherches sur cette fameuse maison forestière et son occupant. Les gendarmes ont tôt fait de localiser l'endroit. Il s'avère qu'elle n'est pas loin de la falaise du Sabot-de-Vénus.

Axelle et Camille, suivies d'une cohorte de gendarmes, encerclent la masure. Il est six heures du matin. Le braconnier est interpellé au saut du lit. Il répond au nom de Henri Charlent. C'est un handicapé mental.

Quand la porte s'ouvre, Camille a l'impression de franchir la porte de l'enfer. Elle est terrifiée par la vision de cet individu dans une maison qui sent la mort. Ce décor barbare fait de peaux de bêtes sauvages écorchées et de pièges à mâchoires, ajouté à l'odeur de musc et de graisse rance, ne fait que renforcer la vision d'horreur de la jeune femme. Son côté hirsute, son regard d'aigle et la tache de vin qui couvre sa joue droite pourraient en effrayer plus d'un.

La capitaine repère immédiatement un fusil accroché dans un coin. Plusieurs cartouches sont dans une poche de sa gibecière. Elle demande à un bleu de tout emporter pour analyse à la balistique.

Son regard est attiré par une chaîne accrochée au pied du lit…

Puis elle ordonne d'emmener le braco pour une garde à vue de quarante-huit heures.

Salle d'interrogatoire de la brigade criminelle.

Axelle consulte sa carte d'identité. Elle demande à Camille de mettre en route la caméra.

— Il est 9h15, l'interrogatoire a lieu en présence de la lieutenante Camille Lemay. Votre nom est bien Henri Charlent ?

— Oui, mais tout le monde m'appelle Charlot comme celui qui parle muet dans les films de l'ancien temps.

— Quel était le nom de votre compagne ?

— Muriel.

— Muriel comment ?

Il hausse les épaules.

— J'sais pas ? Moi je l'appelle Muriel, ça suffit pour qu'elle vienne.

— Qu'est-ce qui s'est passé avec… Muriel ? Vous vous êtes disputés ?

— Oui, mais ça, c'est à cause qu'elle se mange les cheveux.

— Pardon ?

— C'est une folle, elle n'arrête pas de se manger les cheveux, c'te conne.

— C'est pour cette raison que vous vous êtes disputés ?

— Ben y a de quoi, non ?

— Vous pouvez essayer de préciser ?

— Ben, j'ai voulu qu'elle arrête, j'en avais marre de la voir bouffer ses cheveux comme ça sans arrêt, alors je l'ai tondue.

— Tondue ?

— Oui, obligé. Du coup, vous savez ce qu'elle a fait, cette conne ? Elle a arraché les poils de sa chatte pour les bouffer ! Alors, qu'est-ce que vous voulez... bien obligé de la corriger.

— De la corriger ?

— Ben oui, c'est pour son bien. C'est quand même pas normal de bouffer ses cheveux comme ça, pas vrai commissaire ?

— La trichophagie est une maladie, monsieur Charlent, on l'appelle plus communément le syndrome de Raiponce. C'est un trouble obsessionnel.

— Possible. Vous savez ce qu'elle a fait, un jour, cette bourrique ? Elle a bouffé la queue d'une fouine que je venais de dépecer. Faut le faire, hein !

— Bien, reprend Axelle. Où est-ce que vous avez connu votre compagne ?

— Muriel ? Elle faisait la manche devant... comment ça s'appelle... les mousquetaires, là ? Bref c'était à Bizanos ? C'est pas loin de Pau. Vous connaissez ?

— Oui oui. Donc elle faisait la quête devant cette grande surface. Et... ?

— Ben, elle voulait de la bière. La bonne affaire. Moi j'lui ai dit que j'en avais plein à la maison. Alors elle a bien voulu venir. Après… enfin comme on dit… c'était une autre paire de manches. Voyez ce que j'veux dire.

— Pas vraiment. Vous allez nous dire ?

— Bah, elle bouffait ses cheveux !

— J'ai compris, monsieur Charlent, vous l'avez déjà dit. Mais encore ?

— Bah, elle faisait des crises, elle voulait tout le temps se barrer, cette conne ! Retourner chez les « punks à chiens » de Bizanos. Des vauriens ! Tous des drogués, entre nous, commissaire. Alors obligé de l'empêcher.

— Et, que faisiez-vous pour l'en empêcher ?

— Ben je l'attachais ! Comment vous voulez faire autrement ? Voyez ce que j'veux dire.

— Vous l'attachiez de quelle manière ?

— Au pied du lit, une chaîne au pied avec un cadenas. Sinon, hop ! Elle foutait le camp, c'te carne !

— Ça s'appelle de la séquestration, monsieur Charlent.

— Possible. Savez, j'connais pas tous les mots, commissaire.

— Je ne suis pas commissaire mais capitaine de la brigade criminelle de gendarmerie et je vous interroge au sujet de la mort de votre compagne !

— Oui j'comprends.

— Cela veut dire que vous l'emprisonniez ?

— Bah, comment faire sinon ? Elle était en manque.

— En manque de quoi ?

— Oui, elle prenait des trucs.

— C'est-à-dire ?

— J'peux pas vous dire. En tout cas elle était accro à ça. Moi je voulais qu'on se marie, alors au début, elle disait oui, pis après elle voulait plus. Pourtant j'avais mis le paquet pour qu'elle dise oui. L'alliance, le bracelet et tout le bastringue !

— Une alliance ?

— En or, s'il vous plaît ! Et pas de la camelote, moi j'vous le dis.

— Et... vous l'avez payée cher cette alliance ?

— M'souviens plus trop. Mais c'est un truc qui doit coûter bonbon, si vous voyez ce que j'veux dire.

— Elle a coûté cher et vous ne vous souvenez pas du prix ?

— ...

— Quelles sont vos revenus financiers monsieur Charlent ?

— Ben... Le RSA...

— Et avec cette aide de l'État, vous avez tout de même pu acheter un bijou comme ça ?

Il hausse les épaules, ne sachant que répondre.

Axelle fait un signe à Camille d'aller chercher l'alliance dans le placard des pièces à conviction.

— Est-ce que ça ne serait pas celle-ci, par hasard ?

Il l'inspecte.

— Ben oui. Où c'est que vous l'avez trouvée ?

— À côté du corps de votre compagne, monsieur Charlent. En bas de la falaise du Sabot-de-Vénus.

Un silence.

— Oui, ce jour-là... il y a eu un pépin.

— Qu'est-ce que vous appelez un pépin ?

— Bref, vous voyez ce que j'veux dire.

— Eh bien non justement.

— Ben comme elle était toujours en manque, elle a voulu foutre le camp. Pendant que je dormais elle m'a piqué la clef du cadenas pour enlever sa chaîne. Heureusement ça m'a réveillé. Obligé de la corriger.

— Vous l'avez tuée.

— Oh ! Attention ! Faut pas tout mélanger. Au départ, c'est pas ce que je voulais, hein ? Mais comme elle a… comment dire… insisté pour s'enfuir, j'ai insisté de mon côté pour pas qu'elle se barre. Faut dire les choses comme elles sont.

— Revenons à cette alliance, monsieur Charlent. Vous devez bien savoir où vous vous l'êtes procurée ?

— M'souviens plus.

— Chez vous, nous avons retrouvé plusieurs culottes et une pantoufle noire ornée de fleurs brodées. Ça venait du même endroit ? Et puis ce bracelet yéménite en argent ?

Elle lui montre.

— Maintenant que vous me le dites… c'est pas impossible.

— Cette alliance et ce bracelet appartenaient à madame Butel, n'est-ce pas ?

— Maintenant que vous me le dites…

— Vous les lui avez volés ?

— Ben c'était pour mon mariage avec Muriel. Remarquez, entre nous, j'aurais préféré madame Butel. Elle, c'est… comment dire… un peu la femme de mes rêves, voyez ce que j'veux dire. Respect total. Je vais être franc avec vous, commissaire, je vous cache pas que pendant les saillies, souvent c'est à elle que je pense.

Axelle coule un regard entendu vers Camille.

— Une dernière question. Quand on a retrouvé votre compagne en bas de la falaise, elle était nue. Pour quelle raison ?

— Ben… entre nous, pour dire les choses comme elles sont, des affaires, elle en avait pas beaucoup. Et pis elle en avait pas besoin, fait chaud dans la baraque.

— Donc pour résumer, elle vivait nue attachée à une chaîne au pied de votre lit, c'est bien ça ?

— Oui, mais je lui mettais de la musique pour la calmer. Johnny. Johnny… Y a pas mieux que lui, pas vrai ?

— Monsieur Charlent, vous êtes en état d'arrestation pour le meurtre de votre compagne. Muriel.

— Ah… mais c'était un accident.

— Non, monsieur Charlent, c'est un meurtre avec préméditation.

— Un meurtre avec intention de donner la mort, ajoute Camille.

Il reste un moment interdit puis :

— Est-ce que je peux récupérer mon alliance ? En souvenir… Voyez ce que je veux dire…

Autant parler à un mur, et encore, un mur ça renvoie la balle. Dépitées, elles arrêtent l'interrogatoire et sortent de la salle en confiant l'inculpé aux gendarmes.

De retour dans leur bureau, Camille se confie à Axelle. C'est décidé, elle va rompre son contrat. Elle a bien réfléchi, maintenant c'est tout à fait clair, elle va quitter la police. Elle est incapable de faire face à ce monde impitoyable. La décision n'étonne qu'à moitié Vander, qui, depuis le début, sent que Camille rencontrera de nombreuses difficultés, et ce n'est pas tout à fait un hasard si elle l'a confrontée à des situations délicates afin qu'elle puisse peser le pour et le contre.

Flic c'est bien sur le papier ou dans les films. Sur le terrain, c'est une autre affaire.

Camille voulait être infirmière, son père le lui a déconseillé. Elle s'est laissé influencer. Maintenant, plus personne ne pourra changer sa décision, elle rentrera dans une école d'infirmière pour s'occuper des enfants malades car telle est sa vocation.

Jacques Etchegaray de la balistique se rend dans le bureau d'Axelle. Il a expertisé le fusil de Charlent. Il y a de nombreuses traces récentes de poudre. Quant aux cartouches, ce sont essentiellement des chevrotines de diamètre de 7,65. Vander ne connaît pas très bien ce type de projectiles et Camille encore moins. Avec un langage imagé qui lui est propre, le Basco-Béarnais leur explique que c'est une munition dont les grains de plomb s'éparpillent en toile d'araignée.

— Vous comprendrez bien, capitaine, qu'avec ce type de projectiles, la surface couverte est bien plus importante qu'une balle, et cela augmente la létalité quand la cible n'est pas trop loin. Pour résumer, ça casse beaucoup de vaisselle à l'intérieur. Le type qui en prend une volée dans le buffet n'en demande pas une seconde si vous voyez ce que je veux dire ?

— Euh, oui, je vois très bien, Jacques. On ne peut être plus clair.

— En revanche, plus la cible est éloignée plus les chevrotines se dispersent, donc elles blessent l'animal sans le tuer, il meurt dans d'atroces souffrances, d'où son interdiction.

Chante Perdrix. Lieu de paix et de quiétude.

Ce mulot aurait dû y réfléchir avant d'uriner à droite à gauche pour marquer son territoire et signaler à une femelle qu'il est OK pour fonder une famille. Une famille, la fouine en a déjà une et il faut la nourrir, ce qui l'oblige à chasser en plein jour. Dotée d'un odorat aiguisé, elle n'a plus qu'à suivre la trace du petit dragueur pour arriver jusqu'à lui. Elle s'immobilise en le voyant, puis fond sur lui comme l'éclair. Les os du crâne du rongeur émettent un petit craquement sec quand les incisives de la traqueuse se referment sur lui. La mort est immédiate.

Un bruit de voiture la surprend, elle file avec sa proie dans la gueule et se planque dans un tas de bois.

Accompagnée par Arthur, Camille se rend une dernière fois à la maison des Butel pour nourrir les poules. Elle aime bien cet endroit. Un jour, elle aura une maison comme celle-ci, c'est sûr. Elle ramasse les œufs tandis que son copain, moins contemplatif, patiente adossé à la voiture en pianotant sur son iPhone.

Camille est passée plusieurs fois devant l'arbre sur lequel est accrochée la caméra infrarouge de Richard sans jamais la remarquer. Aujourd'hui, toujours à l'affût du moindre mouvement de la gent ailée, son regard tombe dessus à cause d'une sittelle torchepot qu'elle suit du regard depuis un moment. L'oiseau trapu au long bec arpente un tronc d'arbre en quête d'un insecte caché dans les interstices de l'écorce. Quand elle surprend Camille qui l'observe, la sittelle disparaît dans la frondaison en trois coups d'aile. C'est là qu'elle repère l'appareil, à l'endroit même où elle se tenait. Curieuse, elle la montre à Arthur. Ils défont la sangle et ouvrent le boîtier, constatent que les piles sont à plat. Il est donc impossible de voir les vidéos pour le moment. Ils embarquent l'appareil et ils les visionneront à leur retour.

Axelle et Florence sont au lit. Il est plus d'une heure du matin quand la lieutenante sonne à la porte. Axelle est étonnée de sa présence. Camille s'excuse et lui explique le caractère urgent de sa venue.

Axelle introduit la petite carte mémoire qu'elle lui a remise dans son ordinateur. Une longue série de numéros de vidéos s'affiche sur l'écran avec les dates et les heures exactes des prises de vues. Chacune n'excède pas quarante-cinq secondes car c'est ainsi que la caméra a été réglée au départ, donc les scènes sont parfois fragmentées.

Parmi celles-ci, le fameux soir de la rencontre de Richard et la louve. Jusque-là, rien que Vander ne sache déjà. Mais Camille remonte au début des enregistrements, ceux que Richard a omis de regarder. Elle clique sur la vidéo numéro 0026 en date du 23 février. Il fait nuit, Leslie quitte la maison et monte dans sa voiture. Quelques secondes plus tard, on la voit qui en ressort. Sans doute qu'à ce moment elle s'est rendu compte que le réservoir était vide. À cette date du 23 février, Richard est absent car il est encore au festival du livre de Niort.

Séquence suivante : elle téléphone.

Séquence suivante : il fait toujours nuit, un taxi arrive et se gare devant la maison. Leslie monte à l'arrière avec un sac de voyage.

Séquence suivante : le taxi remonte le chemin de Chante Perdrix.

Bambi arrête le visionnage des vidéos. Axelle reste pensive, Florence, qui les a rejointes, est elle aussi dubitative.

— Ça veut dire que Richard Butel savait que sa femme était partie une nuit dans ce taxi ?

— Non, répond Camille, ce n'est pas sûr du tout. Il peut avoir visionné uniquement les séquences avec la louve, car c'est ce qui l'intéressait. Les autres vidéos, une cinquantaine environ, montrent le passage de plein d'animaux de nuit, mulots, rats, blaireaux, renards, fouines, etc. Il a l'habitude de voir ça, donc il zappe pour aller au principal, c'est-à-dire ce qui l'intéresse : sa rencontre avec la louve ! Et c'est ça qu'il mémorise sur son ordinateur dans son journal *Instants sauvages* qu'on a pu lire vous et moi. Je pense, Axelle, qu'il faudrait retrouver ce taxi pour savoir où il l'a déposée.

Après son exposé, la lieutenante reste en suspens, elle attend de savoir comment va réagir sa supérieure à son analyse des faits. Axelle est bluffée par l'hypothèse de Camille qui se tient vraiment bien.

— Et tu veux quitter la police, Bambi ? fait-elle, railleuse, à sa stagiaire.

Soulagée et plutôt fière, Camille ne parvient pas à cacher sa satisfaction.

— Bien. Ben je crois que c'est l'heure du café, conclut Florence en partant en faire dans la cuisine.

Le lendemain à la brigade criminelle, le jeune Arthur Flaven du service informatique se rend dans le bureau d'Axelle.

— Je suis arrivé à récupérer les messages effacés sur le portable de Leslie Butel comme tu me l'as demandé.

— Merci. Voyons ça.

Le message le plus important est celui qu'elle a envoyé à Richard avant de partir :

Richard, Sarah, mes deux amours.

Quand on ouvre une porte, on en ferme toujours une autre. Choisir, c'est renoncer. Pourquoi ? C'est terriblement cruel, mais c'est la vie. J'ai beaucoup réfléchi, et je prends une décision qui va vous faire mal à tous les deux. Qui va nous faire mal à tous. Mais je ne peux pas faire autrement. Je vous en supplie, essayez de me comprendre… Je vous aime terriblement. Je ne peux vivre sans toi, Richard, et je ne peux pas vivre sans toi non plus, ma Sarah. Alors je choisis de ne pas choisir…

Adieu.

Leslie.

Axelle reste abasourdie par ce message.

Camille frappe à la porte.

— Je viens vous dire au revoir, Axelle. Merci pour ce que vous avez fait pour moi.

— Attends avant de partir. Lis ça.

Elle lui tend le portable pour qu'elle lise le message de Leslie.

— Alors elle est partie. Et on ne sait pas où ?

— Selon nos renseignements, le taxi l'a déposée à la gare de Pau. Elle aurait pris un billet pour Paris ensuite on perd sa trace.

— Trop d'amour tue l'amour. C'est triste, je trouve.

Axelle lui sourit. Et la raccompagne à la sortie de la gendarmerie pour leurs ultimes adieux.

— Et les poules de Butel, tu vas toujours t'en occuper ?

— Non, la dernière fois que je suis allée à Chante Perdrix, il y avait sa fille, Bertille. Très très sympa, cette fille. Elle fait des photos, trop bien.

Avant de monter dans sa voiture, l'ex-stagiaire la serre longuement dans ses bras.

— Je vous aime beaucoup, Axelle. J'aurais bien aimé avoir une mère comme vous. Encore merci pour tout.

— Et… Arthur… ?

— Arthur ! Il y a trop de femmes qui le trouvent beau !

Elle monte dans sa voiture et démarre.

Axelle reste pensive un instant. Il ne fait aucun doute qu'elle aurait aimé avoir une fille comme ça…

Va, petit faon. Va vivre ta vie et surtout ne laisse plus jamais quelqu'un d'autre choisir à ta place…

L'heure est maintenant venue d'annoncer la disparition de Leslie à sa mère. Axelle se rend chez elle, avec son nouveau lieutenant, Didier Chartin, déjà aguerri au métier.

Ils sont accueillis dans la somptueuse maison de Madeleine Taylor.

Après l'annonce du départ volontaire de Leslie, Madeleine Taylor se mure dans un profond silence, puis déclare :

— Il faut la retrouver ! Je n'arrive pas à croire qu'elle ait pu tout plaquer comme ça !

— Madame Taylor, nous ne sommes pas habilités à faire ce genre de recherches.

— C'est une disparition ! Vous vous devez de la retrouver. Je vous en fais la demande !

— C'est une disparition volontaire, madame Taylor.

— Désolée, mais ça reste à prouver.

— Demandez à un détective privé, avance Chartin.

— Qu'est-ce qui vous prouve que c'est elle qui l'a écrit, ce texto ? Ça pourrait bien être lui ! Justement ! Pour vous mettre sur une fausse piste. Que ma fille le quitte, je le comprends et je l'approuve à cent pour cent. Cet homme est une pourriture humaine ! Mais qu'elle me quitte moi, c'est impensable ! Jamais elle ne ferait une chose pareille. Jamais !

Les deux enquêteurs quittent la maison Taylor, et laissent cette mère à sa rancœur.

Florence Colombani se rend à l'hôpital afin de pratiquer une nouvelle séance d'hypnose avec Richard. Car si maintenant il est officiellement déclaré innocent, il a encore besoin d'être accompagné pour enfin sortir de ce déni de réalité dans lequel il patauge depuis le départ de Leslie.

Elle trouve la chambre vide. Elle se renseigne auprès des infirmières et l'une d'elles l'informe que le patient Butel a été transféré dans un hôpital psychiatrique. Elle descend et frappe au bureau du professeur Dampierre. Elle est accueillie avec une certaine froideur.

Si au départ Dampierre était plutôt favorable à un travail d'hypnose sur Richard, il est revenu sur sa décision. Il pense que ces séances n'ont eu aucun impact sur son patient. Richard a montré des sautes d'humeur envers une infirmière et c'est intolérable. Ce patient doit suivre un protocole thérapeutique intensif et adapté. C'est pourquoi il a pris la sage décision de le transférer directement dans un l'hôpital psychiatrique de Gironde. Et pas n'importe lequel, une unité pour malades difficiles. C'est un établissement sécurisé pour troubles graves. Florence ne comprend pas cette décision.

— Ce n'est pas justifié ! s'énerve Florence. Vous niez le travail que j'ai fait auprès de ce patient.

— Si votre méthode était efficace, il n'y aurait pas eu d'agression envers mon personnel.

— Comment pouvez-vous dire une chose pareille !

Richard Butel a fait d'énormes progrès. Et il est innocent, il n'y a aucune raison pour l'interner là-bas avec des patients dangereux !

— Il est atteint de délires psychotiques et vos séances n'ont rien changé.

— Qu'est-ce que vous en savez, vous n'êtes pas psychiatre !

— Vous non plus. Vous vous êtes improvisée hypnothérapeute. C'est tant mieux si vous arrivez à berner des gens et gagner votre vie avec ça. Mais moi, je ne fais pas d'improvisation. C'est pourquoi j'ai dirigé ce patient vers un personnel qualifié.

— Je regrette, mais j'ai l'impression que c'est toute une méthode que vous condamnez. Vous niez l'efficacité de l'hypnose et de toutes les autres médecines qui diffèrent de la vôtre !

— Je pense que vos paroles dépassent votre pensée. Je vous demande donc de sortir et de me laisser faire mon travail comme je l'entends. Merci de refermer la porte derrière vous.

— Vous savez quoi ? C'est de l'abus de pouvoir et surtout, une terrible incompétence ! Vous devriez vous foutre à la retraite et nous laisser travailler !

Elle sort en claquant la porte.

Le soir, elle confie sa colère à Axelle. L'altercation entre Florence et Dampierre met la puce à l'oreille de la capitaine. Elle cherche sur son ordinateur et trouve plusieurs éléments dans la presse qui tendent à prouver que l'ancienne députée Madeleine Taylor et lui se connaissent très bien. De là à penser que madame Taylor a tout fait pour convaincre Dampierre d'envoyer Richard en HP à Saint-Martin, il n'y a qu'un pas.

Le lendemain, Florence se rend à la boutique de brocante d'Anne. Elle l'informe de la situation de Richard.

— Pourquoi vous venez me parler de ça ?

— J'ai cru comprendre que vous aviez toujours de bons rapports avec Richard Butel.

— C'est le père de ma fille.

— Je sais, ma compagne m'en a parlé.

— Votre compagne ?

— Oui, je suis mariée à Axelle Vander.

— Axelle Vander ? La flic de la Criminelle ?

Florence acquiesce.

— Qu'est-ce que vous venez faire ici ?

— Ne soyez pas désagréable. Je viens pour vous aider. Richard Butel est incarcéré à l'UMD de Saint Martin, vous connaissez ?

Anne fait signe que non.

— Disons que c'est un établissement un peu particulier.

Elles sont interrompues dans leur discussion par l'arrivée de Bertille qui apporte des croissants chauds. Celle-ci se tient en retrait pensant que sa mère est avec une cliente.

— C'est ma fille. Bertille.

Elle s'approche et Florence continue de parler de la situation de Richard. Il conviendrait de lui faire quitter l'établissement au plus vite.

Au terme d'une longue discussion, il ressort que mettre en place un dossier de demande de sortie risque de prendre plusieurs semaines. Est-ce que Richard est dans un état qui lui permet une si longue attente ? Ce n'est pas certain.

— C'est facile de faire entrer un patient mais difficile de l'en extraire.

La manière dont Florence parle de Richard va droit au cœur des deux femmes. Un climat de confiance s'installe très vite. Dans la vie, il y a parfois des connexions qui se font naturellement entre les gens. Une sorte d'osmose qui anéantit les distances et rapproche les êtres dans ce qu'ils ont de plus profond, de plus intime. Quand un tel phénomène se produit, on se demande comment la connerie humaine a pris naissance…

De confidence en confidence, Anne lui dit qu'elle a pris contact avec Sarah Kolb au Canada et que cette dernière n'a aucune nouvelle de Leslie non plus. Puis elle raconte à Florence dans quelles circonstances Richard a rencontré Leslie.

— Elle était venue acheter un secrétaire en merisier à la boutique pour en faire cadeau à sa mère. Richard qui était là, lui a proposé de le lui livrer. À cet instant, j'ai compris tout de suite que je le perdais. Il est tombé raide amoureux, foudroyé. Il faut reconnaître qu'elle avait tout pour elle: elle était jeune, magnifique et intelligente. Ensuite il est allé assister à ses concerts. Il était fou d'elle. Mais quand je dis fou, c'est vraiment fou. J'ai rarement vu quelqu'un s'éprendre à ce point. On s'est séparés et il s'est marié avec elle. Ça a été un drame pour Bertille qui l'a rejeté. En ce qui me concerne, j'ai pris sur moi. Mais je dois reconnaître que Leslie m'était sympathique. On ne peut pas détester une fille comme elle, même si elle vous prend ce que vous avez de plus précieux. Nous sommes devenues amies. Après…

Elle marque un temps d'arrêt.

— Après, je ne sais pas ce qui s'est passé, il s'est mis à boire et se défoncer de plus en plus. On avait l'impression qu'il nous échappait.

— Juste une question, on dit de lui que c'est un homme violent. Avez-vous au cours de votre vie avec lui avoir subi des violences ?

— Jamais. Et Leslie non plus. Je peux vous l'assurer.

Quand Marco rentre le soir du boulot, Bertille lui relate la conversation. Quand elle lui parle de l'hôpital psychiatrique de Saint-Martin, elle se souvient qu'à une époque, son frère sortait avec une nana qui bossait là-bas. Marco confirme :

— Oui, une ergothérapeute. Par contre je ne me souviens plus de son nom.

— Ben appelle ton frangin, et demande-lui. C'est hyper important !

Malheureusement la copine du frère de Marco ne travaille plus là-bas. Mais il a appris que parmi les activités proposées aux patients de Saint-Martin il y a du jardinage et que les patients cultivent un grand potager.

Ça fait tilt dans sa tête. C'est décidé, ils vont aller chercher Richard.

Pour ce, Marco emprunte un fourgon des espaces verts de la ville. Ils parcourent les cent quarante kilomètres qui séparent Pau de la ville de Saint-Martin en Gironde.

Ils arrivent devant l'hôpital psychiatrique. Un gardien vient au portail pour savoir ce qu'ils viennent faire ici.

— Pépinières Lambert, bonjour. On vient livrer des plants de groseilliers et des cassis. Où est-ce qu'on met ça ?

Le gardien ouvre le portail et leur indique l'allée qui mène au pavillon des activités d'ergothérapie. Celui-ci jouxte le jardin potager où plusieurs patients sont occupés à biner, sarcler les nombreux légumes.

Marco gare son fourgon. Un des aides-soignants s'approche.

— C'est pour quoi ?

— Pépinières Lambert. On vient livrer les plants de groseilliers.

— Des plants de groseilliers ? Mais on n'a jamais commandé ça !

— Ben écoutez, moi j'en sais rien. Je suis bête et

discipliné, on m'a dit de livrer ça, je livre ça !

Pendant ce temps, Bertille cherche son père parmi les malades. Elle l'aperçoit assis sur un banc, prostré, le regard vague, probablement à cause des médocs qu'on lui file et l'effet du Subutex.

Il règne un calme étonnant dans ce jardin d'Éden. Si c'est ça le paradis, on doit sacrément s'y emmerder.

— Qu'est-ce que vous voulez que je fasse alors ? Je repars avec mes plants ? Dans ce cas vous me signez un papier comme quoi il y a erreur sur la commande. Moi je ne veux pas d'ennui avec mon patron.

L'aide-soignant le fait entrer dans le bureau.

— Je ne comprends pas ce qui s'est passé. Enfin bref, je vous prépare ce papier.

Bertille s'approche de Richard.

— Papa, c'est moi, Bertille.

Il lui retourne un regard vide.

— Allez, viens, on se casse de là.

Hagard, il résiste un peu, mais elle lui prend le bras fermement et l'entraîne jusqu'au fourgon. Elle ouvre la porte latérale, celle qui est à l'opposé du bureau afin de ne pas être vue. Elle fait monter son père et l'installe derrière un tas de plants de cyprès d'un mètre cinquante de haut. Marco a même prévu un petit siège à cet effet. Derrière la végétation, Richard est invisible. Bertille reprend place à l'avant comme si de rien n'était. Un malade n'arrête pas de lui faire des signes de la main, elle se fend d'un sourire forcé. Marco ressort du bureau avec son papier.

— En tout cas, la prochaine fois, essayez d'être un peu plus clair ! râle-t-il. Moi j'ai fait 140 bornes pour rien.

— Je suis désolé, monsieur. J'en ferai part à la direction.

— C'est ça, faites en part ! Allez, au revoir.

Il monte dans le fourgon, démarre et regagne la sortie.

Trois heures plus tard, le fourgon arrive à Chante Perdrix et se gare devant la maison. Richard est encore dans le cirage mais il est content de se retrouver là. Anne arrive à son tour. Elle va rester quelques jours avec lui, le temps qu'il se réadapte à sa nouvelle vie « normale ».

Dimanche de Pâques. Il n'existe aucune différence entre celui de Pâques et les cinquante et un autres dimanches de l'année : il est tout aussi triste, sinon plus. Foutu septième jour qui rend la ville déserte et morose… Camille est invitée pour la circonstance chez ses parents pour manger le traditionnel agneau pascal. Non seulement elle n'a jamais pu admettre le sacrifice d'Abraham mais ses parents savent très bien qu'elle est végétarienne. Les habitudes, surtout les mauvaises, perdurent.

— Quand même, le jour de Pâques, tu pourrais faire un effort, commente son père quand le gigot arrive sur la table.

— Georges ! Si elle ne veut pas…

— Quoi ? Elle peut quand même faire une entorse à son régime à la noix un jour de fête. Toujours à faire des histoires !

Camille ne relève pas. C'est comme ça depuis des années. Des discussions qui avortent en cours. Son père n'écoute pas sa fille. Quand elle parle, il prépare déjà une réponse dans un seul et unique but : avoir raison. Esprit étriqué dans un logement qui l'est tout autant. Camille est née de parents vieux et s'est toujours sentie obligée de les ménager.

Sa mère a le regard toujours fuyant. Elle est plus jeune et plus tolérante mais elle vit sous la domination du père. Quand il n'y a jamais de conflits dans un couple, c'est qu'il y en a un des deux qui est soumis. Ancien flic mais toujours d'extrême droite, pour lui la police sert uniquement à faire régner l'ordre. Faire un enfant est un devoir. Et l'amour dans tout ça ? Camille en a toujours été privée.

Seule note de fantaisie dans cet appart' anxiogène, une série d'animaux en verre soufflé sur le poste de télé. Un canevas qui représente un sempiternel cerf qui s'abreuve devant un lac de montagne. Une étagère avec de vilaines figurines qui changent de couleur selon la météo.

Le dimanche est horrible, le repas tout autant et l'après-midi encore pire. Une fois le dessert terminé, son père allume la télé pour regarder l'immortel Michel Drucker.

Avant de remonter dans sa voiture, Camille expulse dans le caniveau l'agneau qui semble bêler dans son ventre. Que vomit-elle en vérité ? La viande ou bien cette accablante réalité ? À chaque fois qu'elle va manger chez eux, elle pense qu'il y aura quelque chose de changé, qu'à un moment arrivera ce déclic tant attendu, mais en vain… Le cocon familial est tissé avec les fils barbelés de la religion. Ses parents ont répondu à la logique : un homme, une femme, un enfant. Pour eux, le devoir est accompli, point barre. Il ne se passe rien et Camille en ressort frustrée et terriblement triste.

Aujourd'hui les choses viennent de changer. Son père a insisté pour qu'elle soit flic, maintenant cette décision se retourne contre lui. Camille est devenue flic, soit, mais la méfiance d'un poison mortel s'est immiscée dans les rouages de son cerveau. Gymnastique cérébrale du policier ou bien déformation professionnelle ? Le fait de douter, remettre les fondements de son éducation en question, chercher la faille, l'incohérence et les zones d'ombre du père, viennent d'altérer définitivement l'image parentale.

C'est sans retour.

Camille n'a plus envie d'être Camille, mais Bambi. La chaleur humaine, elle sait désormais où la trouver.

Chante Perdrix. Florence Colombani, qui s'est prise d'amitié pour Richard, tient à terminer le travail avec lui. Anne est toujours là pour Richard, bienveillante. Les deux femmes restent auprès de lui.

Un soir, au coin du feu, Florence fait état de certains tourments qu'elle a relevés chez Richard. De graves fêlures dans son passé et surtout une terrible peur de l'abandon. Ce sentiment est revenu à maintes reprises sous différentes formes lors des séances d'hypnose. Sa peur d'être rejeté ou mal aimé semble être le résultat d'un vécu lointain, une fracture affective qui semble dater de l'enfance, selon elle. Cette peur, d'être désaimé et abandonné, s'est glissée sournoisement en lui et a pris racine dans son inconscient. Une chose a frappé Florence lors d'une séance. C'est qu'il a murmuré par deux fois : « *Si je n'ai pas été aimé, c'est que je n'ai pas été digne de l'être.* »

Cette analyse n'étonne pas du tout Anne. Elle explique à Florence que la mère de Richard a fait un arrêt cardiaque quand il avait 5 ans. Son père s'est senti incapable de l'élever seul, d'autant qu'il venait de rencontrer une autre femme. Il a donc confié l'enfant à sa belle-sœur, Pascale Cortet, puis il est parti vivre à Sydney avec sa nouvelle compagne. Au début, il prenait des nouvelles, puis le temps passant, ses appels sont devenus de plus en plus rares, pour finir par ne plus exister. Arrivé à l'adolescence, Richard a tenté de le joindre en Australie mais en vain, son père avait disparu des radars.

— Donc quand tu parles d'abandon, Florence, je pense que tu as touché le problème en plein cœur. Richard a toujours eu une peur maladive d'être abandonné. Le départ de Leslie l'a anéanti totalement.

— Est-ce que tu penses qu'il était au courant de la relation entre Leslie et Sarah Kolb ?

— Je ne sais pas. En tout cas, il faisait celui qui ne voyait pas. En plus, avec la dope, il vivait dans la culpabilité.

— Et toi, tu le savais ?

— Leslie se confiait beaucoup à moi.

Une chose chagrine Axelle Vander, l'identité de la fameuse Muriel. Elle doit connaître son nom pour prévenir sa famille, si toutefois elle en a une ou bien pour qu'elle puisse avoir une sépulture digne de son nom, même si son corps est dans un triste état. Sinon elle finira au carré des indigents. Elle confie cette mission au lieutenant Chartin.

Le surlendemain de ce funeste repas de Pâques chez ses parents, Camille prend la route pour se rendre chez sa tante Angèle, la sœur de son père qu'il qualifie de marginale farfelue et asociale. Elle habite seule une maison en montagne en vallée d'Aspe.

Si son frère est xénophobe, réac, froid comme une lame et raide comme un tiers provisionnel, Angèle est tout l'inverse. Elle a coupé les ponts avec lui depuis son adhésion au FN. Les liens du sang n'impliquent pas l'approbation de conneries déversées par les partisans de l'ordre et de l'intolérance.

C'est une artiste, et selon elle, quand on a 81 balais, il y a des compromis qu'on ne fait plus. Le temps est compté et on n'a pas le temps de s'emmerder avec des crétins. Cette touche-à-tout qui était professeur à l'école des Beaux-arts s'est mariée avec Anselme, un facteur d'orgues tout aussi pluridisciplinaire qu'elle. L'amour de sa vie. Malheureusement, il est mort il y a deux ans d'un infarctus alors qu'il était en train de créer une œuvre gigantesque qu'il appelait: « Un piège à musique » !

L'orgue étant par définition un instrument à vent, Anselme avait voulu créer un orgue qui fonctionnerait uniquement avec le vent des montagnes. Pour ce, il avait fabriqué des dizaines de tuyaux sonores de tailles différentes qu'il avait installés à travers du vallon en dessous de la maison qui forme un couloir où le vent s'engouffrait avec force par mauvais temps. Cette très grande puissance éolienne allait faire raisonner les orgues dans la vallée, c'était sûr !

Normalement, l'ensemble est censé jouer « *Que ma joie demeure* ». L'œuvre n'est donc pas terminée et

Angèle, en mémoire de son défunt mari, s'est donné comme mission de la finir. Elle passe donc toutes ses journées dans son atelier à fabriquer les tuyaux sonores qui manquent. Un travail qui demande une exactitude parfaite des flûtes tant au niveau diamètre qu'au niveau longueur. Elles ne permettent pas la moindre erreur, sinon la note est fausse. Heureusement Angèle est dotée de l'oreille absolue. C'est ainsi que Camille a appris que le téléphone sonnait en la et que la fuite de la gouttière au-dessus de la marquise en zinc oscillait entre le do et le ré, suivant la taille des gouttes, la force du vent, et l'endroit exact où celles-ci tombaient.

Camille adore sa vieille tante. Elle aime venir se réfugier ici. Elle cuisine beaucoup pour elle et tente de rendre la maison le plus confortable possible, car Angèle est un brin foutraque, trop absorbée à parachever l'œuvre de son amour disparu. Elle rentre du bois pour le poêle et soigne aussi Ashtag, son animal de compagnie, un vieil âne qui sert au transport des flûtes métalliques dans la montagne.

Camille est un peu sceptique sur la réussite de l'œuvre. Certes, il est fort possible que les orgues résonnent par grand vent, mais de là à croire qu'elles joueront l'œuvre de Bach, c'est une autre histoire. Mais peu importe, l'important est l'immense bonheur et la passion qu'Angèle ressent à perpétuer ce rêve fou. Et surtout, ce droit à la fantaisie que ses propres parents ne se sont jamais autorisé et ne s'autoriseront jamais. Une bouffée d'oxygène pour Camille.

Pour en finir avec ce transfert sur la louve, Florence décide de se rendre en Espagne, au parc animalier où

Richard a laissé l'animal. Elle prend contact avec la jeune fille qui s'occupe de l'enclos des loups. En parlant avec elle, elle apprend que la louve noire, celle que Richard appelait du nom de sa femme, Leslie, s'appelle en réalité, Tishka. Il est arrivé un gros problème à l'automne dernier, les pluies torrentielles qui se sont abattues ont provoqué un glissement de terrain. Un arbre s'est déraciné et s'est abattu sur la clôture et plusieurs loups se sont échappés. Certains sont revenus car la meute leur manquait mais d'autres sont partis, probablement pour rejoindre des meutes en Espagne ou ailleurs.

Tishka, quant à elle, reste un mystère pour la jeune fille. Elle a disparu plusieurs mois puis s'est retrouvée dans le parc avec la meute, par miracle. Comment a-t-elle franchi la clôture ? Énigme totale.

Là-dessus Florence a bien sûr son idée, mais elle n'en dit rien à la jeune éleveuse, laquelle d'ailleurs a toujours évité d'en parler pour ne pas affoler les populations... et surtout les autorités. Le loup a des adversaires depuis la nuit des temps. Il tient encore une grande place dans l'imaginaire, ce qui fausse la réalité et continue de nourrir une peur ancestrale...

Devant le temple de la consommation, le lieutenant Chartin interroge les « punks à chiens » qui, repoussés par les vigiles, traînent plus loin sur l'aire de repos des camping-cars.

Il n'est pas très bien reçu par les *bad boys*. Ce qui s'explique facilement : des keufs, ils en voient à longueur de temps pour contrôles au faciès et autres a priori du même genre. Il fait donc chou blanc.

Ces quelques jours passés chez sa tante Angèle ont permis à Camille de faire le point sur son avenir et ses sentiments les plus profonds. Il ressort de leurs soirées passées à bavarder au coin du feu que finalement, le travail de flic, même s'il est exténuant psychologiquement, ne lui déplaît pas tant que ça…

Et, pour dire la vérité, Axelle et Florence lui manquent terriblement. Elle aime être à leurs côtés même si le boulot est difficile.

Elle se rend donc à la gendarmerie pour la voir et lui annoncer son envie de revenir travailler. Mais Axelle est absente, elle est reçue par le commandant Gérard Carré. Elle lui fait part de son désir de réintégrer la section criminelle. Ravi, Carré lui ressort illico sa lettre de démission qu'il n'avait pas encore fait suivre, et, avec un petit sourire, la déchire. Il lui remet son arme et sa carte tricolore.

Bon retour au club ! Il a perdu son pari avec Axelle, finalement Camille a toutes les qualités requises pour être une excellente lieutenante.

Il lui relate les dernières investigations et lui parle également du problème d'identité de la victime et de l'échec du lieutenant Chartin.

Camille, touchée par la terrible mort de cette femme, tient à s'en charger personnellement et tout de suite.

C'est OK pour le commandant Carré qui lui demande de foncer.

Camille se rend donc centre commercial. Elle a revêtu pour l'occasion un jeans troué au genou, une veste militaire kaki. Elle gare sa voiture à proximité du groupe de *bads boys* et fait des courses. Elle revient quelques minutes plus tard avec un caddie rempli de bricoles mais surtout des packs de bière. Alors qu'elle les range dans son coffre, deux punkettes, tendance gothique et piercing à tous les étages, par l'odeur alléchée, s'approchent.

— Ce serait possible d'avoir une petite bibine ? demande l'une d'elles.

Camille suspend son geste. Discrète, mais amusée par sa stratégie de l'appât.

— Je vois que tu fais le plein, ajoute l'autre. Tu vas teuffer ?

— Oui, mon frère fête son anniv' demain, faut que j'assure la bouffe et tout.

Quelques secondes passent.

— Bon, je suis OK pour les bibines, mais à une condition.

Moues interrogatives des deux punkettes.

— Donnant donnant. Voilà, les filles, je vous le dis tout de go, je suis flic et je recherche l'identité de quelqu'un.

Évidemment, ça jette un froid. Elles se rétractent comme des tortues dans leurs carapaces. Elle leur parle alors de l'importance de connaître le nom de famille de Muriel, la victime retrouvée en bas de la falaise, afin de chercher sa famille. L'info ébranle les punkettes.

— Muriel, vous dites ?

— Hmm. Vous connaissez ?

— Possible, répond la première, plutôt méfiante.

— Elle est morte de quoi ? demande la seconde.

— Assassinée. Sauvagement assassinée.

— Merde. Nous la dernière fois qu'on l'a vue, la Mumu, c'est quand elle s'est branchée avec un mec chelou.

— Ah ouais, l'autre espèce de cinglé avec une tache de vin sur la gueule ! Allumé comme un flipper, le mec. Grave de chez grave !

— Et ce serait lui qu'il l'aurait dézinguée ?

Camille répond par un hochement de tête.

— Putain de sa race, ça m'étonne pas. J'sais pas ce qu'il lui a pris de partir avec ce taré…

— Elle était blindée au Krokodil, ce jour-là.

Camille plisse les sourcils, apparemment elle ne connaît pas cette drogue.

— C'est un truc à base de codéine, explique l'une d'elles. Au niveau trip c'est pareil que l'héroïne, mais c'est vachement moins cher.

— Eh, vous faites pas des idées, hein ! Nous, on

touche pas à cette merde. C'est bourré de saloperies ! T'as la peau qui verdit et qui s'écaille comme un crocodile. Pour ça qu'on appelle ça comme ça. La Mumu, elle avait des abcès plein les jambes à force d'en prendre.

— C'est ce qu'on a pu constater à la morgue.

Le mot morgue fait tomber les hésitations.

— Et on trouve cette drogue facilement ? demande Camille.

— Maintenant on en trouve en France, mais au départ ça venait de Russie.

— Muriel avait un plan avec un Allemand qui lui en refilait.

— Il l'a tuée comment, l'autre taré ? demande l'autre.

— J'aime autant vous passer les détails, mais ce n'était pas beau à voir.

— Mériterait qu'on le crame, ce connard !

— Il est sous les verrous. Nous, ce qu'on veut, c'est prévenir les parents. Vous comprenez pourquoi j'ai besoin de vous ?

— Je crois qu'elle avait personne, la Mumu.

— Non, elle zonait depuis pas mal de temps.

— Je comprends, mais ça ne me donne pas son nom. À moins qu'elle soit née sous X. Si c'est le cas, elle finira à la fosse commune. Merci quand même.

Affectées par l'hypothèse d'une fin aussi sinistre, les deux filles se concertent en catimini.

Camille referme son coffre et ouvre sa portière pour partir.

Une des punkettes revient l'aborder :

— Attendez !

Camille, prête à partir, suspend son geste, la main sur sa poignée de porte.

— Oui.

— Et la bibine ?

— Il me semble que j'avais dit donnant donnant, non ?

— Ferrera, annonce-t-elle après un instant d'hésitation. Elle s'appelait Muriel Ferrera.

— Merci, c'est noté.

— Ça suffira peut-être pas pour retrouver ses darons, mais bon, c'est tout ce qu'on sait d'elle.

Camille ouvre à nouveau son coffre.

— OK, servez-vous !

Il est dix heures du soir quand Camille frappe à la porte de l'appartement d'Axelle.

Les deux femmes sont dans le salon, devant la télé, elles regardent le Requiem de Mozart par Bartabas. Spectacle éblouissant donné dans le manège de Salzbourg, avec sa centaine d'arcades creusées sur le flanc de la montagne dans lesquelles jouent les musiciens.

Florence a été élevée avec les chevaux, son père tenait un haras. Elle faisait des compétitions de saut d'obstacles. Un jour elle en a manqué un et son cheval s'est brisé les pattes antérieures dans sa chute. Même avec un plâtre, un cheval ne peut supporter son poids car il se tient debout la plupart du temps, c'est pourquoi ils sont abattus dans la majorité des cas. Depuis cet accident, Florence n'est plus jamais remontée en selle, mais elle a gardé l'amour des chevaux.

Axelle quitte le carrousel de chevaux blancs pour aller ouvrir. Elle tombe sur le sourire jovial de Bambi qui lui tend sa carte tricolore.

— Ferrera ! crie-t-elle avec joie.

Axelle marque un temps…

— La fille de la morgue, j'ai trouvé ! Elle s'appelle Muriel Ferrera ?

La capitaine sourit, Camille la serre dans ses bras spontanément. Elle passe la soirée avec elles deux dans leur bel appartement où le blanc domine. Deux grandes baies vitrées offrent une vue extraordinaire sur la chaîne des Pyrénées. Contraste avec l'appartement de ses parents, ici chaque chose raconte une histoire, que ce soit les tableaux modernes ou bien les sculptures et autres petits objets.

Ces deux femmes aiment la vie et Camille les aime. Et davantage encore après quelques verres de chardonnay. Elle se cale entre elles deux dans le sofa et regarde la fin du concert de Bartabas en leur compagnie. Comme elle a un peu abusé du vin, elle reste dormir dans la chambre d'amis, mue par une affection familiale toute nouvelle et doucettement agréable. On ne choisit pas sa famille mais on choisit ses « tanties » !

Maintenant, Florence pense que l'heure de la confrontation avec la louve est venue. Richard doit se retrouver face à elle afin de voir sa propre réaction. Florence et Anne l'accompagnent au parc.

Le trajet jusqu'en Espagne se passe dans le plus grand silence. Chacun dans ses pensées.

La rencontre est surprenante. L'homme et l'animal se jaugent du regard un long moment. Richard ne peut s'empêcher de murmurer un « Leslie » entre ses lèvres. La louve pointe les oreilles et le fixe droit dans les yeux. Connaît-elle ce nom ? S'en souvient-elle ? Elle recule et se met en retrait derrière le mâle alpha. Étrange réflexe qui affirme un retour au clan.

C'est l'heure du repas, la jeune fille responsable des loups entre dans l'enclos et jette la viande à plusieurs endroits. Les dominants mangent d'abord, les jeunes loups ensuite. La jeune fille appelle Tishka, celle-ci accourt. Elle lui donne une ration vitaminée spécialement préparée pour elle. La louve avale tout en deux lampées et court vers sa tanière située sur une grosse butte de terre.

Quelques secondes après, une portée de louveteaux sort de cet antre et s'agrippe à ses mamelles avec frénésie. Elle les laisse téter un moment puis régurgite plusieurs bouts de viande. Les petits les dévorent en se battant pour avoir les meilleurs morceaux. Elle tourne la tête vers Richard. Il comprend que la bête a choisi son territoire. Elle fait sa vie, maintenant, et il est temps pour lui de faire la sienne…

Axelle et Camille reçoivent les parents de Muriel Ferrera, venus de Dunkerque pour chercher le corps de leur fille et l'enterrer. Ce sont des gens de peu, d'origine portugaise qui ne comprennent pas comment leur fille a pu dériver ainsi. Le père est technicien frigoriste et la mère travaille comme femme de ménage dans un lycée.

C'était leur unique enfant et ils ont tout fait pour elle. Ils ont tenté de la sortir de la dope sans succès. Et il y a trois ans, elle est partie sans dire où elle allait. Impossible de la retrouver. Ils sont suffisamment bouleversés, Axelle préfère ne pas leur parler de la trichophagie et des nombreux abcès que la légiste a notés sur ses jambes, dus aux overdoses de Krokodil. Elle leur épargne aussi la manière dont Henri Charlent a voulu la sevrer et l'a massacrée.

En accord avec le commandant Gérard Carré, elles ne parleront pas non plus du meurtre mais déformeront la réalité en disant que leur fille a fait une malencontreuse chute lors d'une randonnée en montagne. Ainsi, et c'est à espérer, ils garderont l'image d'une fille sportive et en pleine santé.

Vu la réaction de la mère qui est complètement anéantie, Axelle leur déconseille également de voir le corps, retrouvé malheureusement trop tard. Touchée par leur désarroi, Camille leur demande s'ils ont une photo de leur fille. La mère en sort une de son sac à main et la leur montre. Muriel est encore une jeune fille avec des cheveux châtains mi-longs à cette époque. Camille leur suggère de la faire reproduire en médaillon pour la mettre sur la tombe. Le couple la remercie pour cette idée. Parfois, peu de choses, c'est beaucoup quand on n'a plus rien.

Un violent orage éclate sur la région béarnaise. La météo n'a qu'une importance relative pour les gens, mais pour Camille, c'est une source d'angoisse. Les orages dans la montagne sont terribles et elle pense inévitablement à sa tante Angèle, seule dans sa maison tout là-haut.

Depuis ce matin, elle cherche à la joindre sans résultat. Elle tombe toujours sur le répondeur. Deux possibilités : ou la ligne est coupée ou Angèle n'est pas en état de répondre. Toujours est-il que dans les deux cas, elle se doit d'aller voir.

Elle prend la route sous une pluie diluvienne. Des torrents de boue surgissent des bas-côtés et envahissent la route entraînant des roches et des branches. Elle les évite du mieux qu'elle peut. Elle est obligée de s'arrêter pour dégager un arbre renversé, elle casse les branches pour laisser un espace juste suffisant pour que sa voiture passe. Elle est trempée.

Elle arrive enfin au chemin qui mène à la maison d'Angèle. Elle se hâte d'entrer. Personne. Elle appelle en vain. Elle sort et va dans l'écurie pour voir si le vieil âne Ashtag est là. L'écurie est vide. Malgré la pluie qui redouble de force, elle se précipite sur le chemin qui descend dans le vallon.

Instinct ou prémonition ? Au travers du rideau de pluie elle aperçoit le corps de sa tante sur le bas-côté du chemin. Elle descend et la découvre, couverte de boue, du sang sur la tempe et les yeux fermés pour l'éternité. Quant à l'âne, il agonise quelques mètres plus bas, entravé dans sa chute par des orgues encore arrimés à son bât, la colonne vertébrale brisée.

Le scénario est assez simple à comprendre : Angèle a voulu profiter de la tempête pour tenter un essai de musique. Elle a glissé dans la boue – il y a des marques de glissade sur le sol – est tombée dix mètres plus bas avec l'âne, et le corps de la bête l'a écrasé. Bouleversée, Camille appelle les secours. Puis elle sort son arme de service et tire deux balles dans la tête de l'âne pour abréger ses souffrances.

Une demi-heure plus tard, les pompiers remontent le corps vers la maison.

Deux jours après, c'est au son de la musique sacrée de Bach *Que ma joie demeure*, que le cercueil d'Angèle est descendu dans la fosse. Camille est entourée d'Axelle et Florence. En revanche, ses parents se tiennent en retrait, loin derrière. Camille leur accorde un regard avant de jeter une rose dans la tombe. Son père a fait son devoir, il a commandé une couronne de fleurs avec marqué dessus : *À ma sœur*.

Est-il affecté par la mort d'Angèle ? Rien n'est moins sûr et peu importe. Avant de partir du cimetière, Camille va les embrasser. Seul geste de la mère, à l'insu de son père, elle lui presse le bras et l'attire imperceptiblement à elle, pudique, comme si ce geste était déplacé, interdit.

Chante Perdrix. Florence fait ses adieux à Anne et Bertille. Elle considère que sa thérapie avec Richard est terminée. Il s'est créé un lien très fort entre eux et il est convenu de se revoir de temps à autre. Anne et sa fille resteront auprès de Richard le temps qu'il se reconstruise. Il est encore très faible mais elles ont bon espoir.

Quelques jours plus tard, alors que les filles mijotent un chili con carne dans la cuisine en bas, Richard monte dans son bureau, allume son ordinateur. Il le vide de tous ses fichiers les uns après les autres comme s'il vidait sa mémoire et les événements qui en ont découlé depuis la disparition de Leslie. Il ouvre une nouvelle page blanche sur laquelle il écrit : « *Lettre ouverte à mon corps*. »

Il jette un regard vers la fenêtre. Le milan royal a

déserté le châtaignier mort. Sa disparition représente une page qui se tourne pour Richard.

En réalité, il le découvrira plus tard mort au pied de l'arbre.

À toi, mon corps.

Durant toutes ces années j'ai fait de toi un étranger. À dater du jour où j'ai commencé à prendre de la dope, ce fut une déclaration de guerre. Nous avons vécu l'un avec l'autre comme des ennemis. Non seulement je t'ai renié mais je t'ai empoisonné et j'ai fait la même chose avec mon cerveau.

Qu'en est-il aujourd'hui ? Comment se rejoindre ? Se retrouver ? Je ne crois ni en Dieu ni en aucune autre divinité, et aujourd'hui je me vois en train de prier. Une prière dans laquelle je te demande de me pardonner de tout le mal que je t'ai fait. J'implore ton pardon.

Si tu acceptes cette réconciliation, nous retrouverons ensemble des joies sans artifices. Nous découvrirons de nouveaux horizons dans l'écriture, dans la création. Un « autrement » est possible, j'en suis certain.

La disparition de Leslie m'a appris beaucoup de choses. Je ne sais pas où elle est ni si elle est heureuse là où elle est. Je l'espère de tout mon cœur. Bien sûr son absence me pèse, mais je la comprends. Elle a tenté de résister à mes côtés, mais j'étais aveugle et je l'ai perdue. Peut-être qu'un jour elle reviendra, et ce jour, je veux qu'elle se retrouve devant un nouvel homme. Un homme débarrassé de toute addiction. Un simple raconteur d'histoires.

Aujourd'hui j'ai encore besoin de méthadone, mais dans quelques jours ou quelques semaines il en sera fini de toutes ces merdes. J'en fais le serment...

Il place son *mea culpa* dans un dossier et ouvre un autre document. Sur la page blanche qui s'affiche, il inscrit le titre de son prochain bouquin, *Chute d'une étoile*, un drame sentimental qui se déroulera dans un restaurant gastronomique.

Quelques semaines plus tard, une reconstitution du meurtre de Muriel Ferrera est demandée par le juge d'instruction Pascal Ringuet avant qu'Henri Charlent ne comparaisse devant les assises. Un fourgon pénitentiaire a transporté l'inculpé jusqu'à la maison forestière où le crime a eu lieu. Un effectif de gendarmes est sur place, ainsi que Richard, convoqué comme témoin oculaire. Axelle et Camille sont également présentes, protégées par un gilet pare-balles. Charlent est sorti du fourgon menotté par-devant par deux bleus. Il toise l'assemblée d'un air narquois.

Mets une selle sur un âne, ça n'en fera jamais un cheval de course, pense intimement Axelle.

Ensuite on fait appel à un « plastron » c'est-à-dire une comédienne qui endossera le rôle de Muriel.

Charlent est libéré de ses menottes pour une autre paire dont la longe est plus longue pour lui permettre de plus amples mouvements. Un fusil à deux coups non chargé lui est donné pour recomposer le crime dans les moindres détails. La scène est rejouée plusieurs fois et Richard confirme au juge d'instruction ce qu'il a vu du haut de l'adret ce fameux jour.

Tout semble parfaitement concorder. Une dernière scène est demandée pour établir exactement la distance du tir de chevrotines. Une fois l'action terminée, un gendarme s'approche de Charlent pour lui remettre les bracelets.

Mais à cet instant tout va très vite : le braconnier lui balance un coup de coude en arrière qui lui éclate le nez. Le temps que le flic réagisse, Charlent s'empare de son pistolet. Aussitôt les gendarmes plus haut dégainent leurs armes et s'apprêtent à faire feu. C'est alors que Charlent tire à l'aveugle dans le groupe à plusieurs reprises avant de prendre la fuite. Il saute les buissons et descend à travers la végétation. Une salve de décharges retentit dans la montagne et met fin à sa course. Criblé de balles, il tombe et roule sur un pierrier.

Parmi les gendarmes blessés, il y a Camille. Son gilet pare-balles n'a pu la protéger d'un projectile qui lui a traversé la gorge et sectionné la carotide. Son corps est secoué de spasmes. Agenouillée devant elle, en larmes, Axelle tente du mieux qu'elle peut de juguler l'hémorragie de l'artère qui gicle par saccades en enfonçant sous pouce dans la plaie.

— Ne pars pas, Bambi… Reste avec nous… Je t'en supplie… On va te sortir de là… Fais-moi confiance, ne t'endors pas… Reste avec moi, ma chérie…

Axelle est désespérée, le sang gicle toujours au travers de ses doigts. Elle sent que la vie de sa protégée tire sa révérence.

— Les secours vont arriver, reste avec nous… Je t'en prie reste…

Camille tourne une dernière fois les yeux vers elle

avant que ceux-ci ne se figent pour l'éternité. Axelle serre le corps inerte de la jeune fille contre sa poitrine en sanglotant.

Un grand silence ouaté envahit le lieu.

Le temps reste bloqué comme un arrêt sur image.

De retour dans les bureaux de la gendarmerie après le drame, Axelle ne peut pas se détacher du visage de Camille. Anéantie, elle quitte la section criminelle avec un immense besoin de retrouver sa compagne Florence.

Pas besoin de parler, dès son arrivée à l'appartement, Florence comprend qu'il s'est passé quelque chose de grave.

Elles tentent comme elles peuvent de perpétuer leur habitude. Prendre deux verres de chardonnay. Mais ce soir-là, ceux-ci restent pleins. Les yeux rivés au-delà de la baie vitrée sur la chaîne des Pyrénées, elles mesurent l'une et l'autre ce que représente le manque d'un être cher.

On dit de l'absence qu'il faudra faire avec, alors qu'il faudra faire sans. Camille aimait la vie. Quand elle posait son regard sur le monde, la misère tirait sa révérence comme la mer devant Moïse, honteuse d'exister. Qu'elle repose en paix, bien qu'elle n'en ait nul besoin, 25 ans c'est un âge pour aimer, pas pour mourir…

Inévitablement, leurs pensées vont à Richard qui a comblé comme il pouvait l'absence de Leslie. Disparitions et absences sont des vides qui ne font que remplir l'esprit et mènent parfois jusqu'au déni de réalité.

Axelle ressent un fort besoin de voir quelque chose de beau et apaisant. La vie nous chahute sans ménagement, comme l'océan quand il se déchaîne. Florence lui repasse le Requiem de Mozart par Bartabas, en hommage à Bambi. Elles se laissent bercer par le carrousel des chevaux blancs qui évoluent et tourbillonnent avec une grâce infinie.

Puis elles s'endorment l'une contre l'autre, en espérant l'étale…

Épilogue

Sept ans plus tard…

Quelque part où brille le soleil de minuit. Un énorme bateau de tourisme flirte avec les icebergs. Des dizaines de passagers sont réunies sur le pont pour immortaliser avec leurs portables ces montagnes de glace et les célèbres aurores boréales. D'autres, moins modernes, filment ce magnifique phénomène avec des caméscopes, aujourd'hui devenus désuets.

Le bateau est composé de trois étages. À celui du bas, il y a un casino et une grande salle de jeux. Le vacancier s'amuse à perdre son pécule dans les machines à sous. À côté, une grande salle de restaurant avec des tables bien mises et des clients tout aussi apprêtés. Des laquais habillés en pingouin servent des plats plus sophistiqués les uns que les autres.

Au fond de la salle, un magnifique Yamaha à queue laqué blanc trône sur une estrade. Assise devant le clavier, celle qui lui caresse les octaves est la pianiste d'ambiance attitrée du bateau. C'est une femme d'une rare élégance, cheveux blond vénitien tombant en cascade sur ses épaules dénudées, habillée dans une longue robe noire, très classe. C'est Leslie.

Leslie a refait sa vie. Elle porte un autre nom et n'a laissé aucune trace derrière elle depuis son départ. Elle n'a pas tiré un seul centime de ses comptes en banque afin de ne pas être repérée.

Travailler sur ce bateau ne l'enchantait guère, au départ. Mais son désir, après sa déception amoureuse, était surtout de n'être nulle part. Un pianiste d'ambiance se fond dans le décor, on ne le remarque pas, sauf peut-être quand il s'arrête pour ne laisser que le bruit des couverts. Cet anonymat lui convient parfaitement. Elle a mis son cœur et son passé en stand-by. Son travail à bord lui permet de vivre et surtout de faire de la musique. Le soir, elle se plie au récital classique, mais dans la journée, elle peut composer d'autres morceaux pour son plaisir personnel.

Vêtue d'un tutu et de deux ailes de papillon en papier transparent accrochées dans son dos, une petite fille de 6 ans dévale les escaliers du pont et avale les coursives en accomplissant divers petits pas de danse tel un petit rat de l'opéra. Elle connaît par cœur les couloirs, comme si elle était née dans cet environnement. Et c'est le cas puisqu'elle a vu le jour sur ce bateau un 29 janvier et qu'elle répond aujourd'hui au prénom de Bérénice.

Elle traverse la salle de restaurant et vient s'asseoir

au bord de l'estrade sur laquelle joue Leslie. Imperceptiblement, les doigts de la petite tapotent le bois au même rythme et aux mêmes emplacements que ceux de sa mère.

Un brin espiègle, la petite est craquante comme une biscotte et Leslie fond comme un sucre devant sa fille.

Elle lui sourit…

La petite aussi.

Peut-être qu'un jour Leslie reviendra en France, Peut-être…

Remerciements

À Maryline, ma compagne de toujours pour sa bienveillance.

À Carla, ma fille ma bataille et son sourire qu'on a envie de congeler pour le ressortir les jours où ça ne va pas.

À Colette, la glaneuse de coquilles.

Aux scénaristes, Pascale Rey et Gérard Carré, pour leurs judicieuses critiques.

À ma mère qui m'a appris l'art d'accommoder les restes.

À mes copains du pain rassis et leurs jeux interdits qui m'ont permis de garder mes rêves d'enfant.

Achevé d'imprimer sur les presses
de Pulsio à Sofia
Dépôt Légal : mai 2022